をサカナが泳ぐ頃

浅葉なつ
Natsu Asaba

目次

デザイン／鈴木亨

空をサカナが泳ぐ頃

浅葉なつ

Natsu Asaba

第一章　魚の煙草

一

「撮り直し」

営業からの催促の電話をどうにかしてやり過ごして、いい加減鳴るのも忘れたほど減りすぎた腹の中へ、すでに冷え切った生姜《しょうが》焼き弁当を詰め込もうとした矢先の午後三時。

「……マジすか」

顎をつかまれて強引に立たされたオレは、身動きがとれずに箸を持ったままそれだけを口にした。目の前に突き出されたのは、以前取材に行った飲食店の写真だった。うちで発行する情報誌のグルメ欄に載せるため、メインのパスタをうまそうに撮って来いとの指示の下、確かに働いてきたつもりだったのだが。

「全っ然うまそうじゃない」

オレの顎をつかんでいた手を首へと滑らせて、うちの制作部のトップである森ノ宮《もりのみや》女史はいつものサドっ気でオレを罵《ののし》った。

「何このパスタ。フォトショでいじるにも限界があるわよね？　こんなの食べる気になれる？　それとこの後ろに見切れて写ってるシェフ、やたらやる気満々のカメラ目線なんだけど？　メインのパスタをうまそうに撮って来いって言わなかったっけ？」

週に四回トレーニングジムに通っている女史が、女性とは思えない握力でオレの首を締め上げて頭突きを食らわせた後、ローラー付きの椅子《いす》をめがけて突き飛ばす。オレはその勢いに乗って椅子ごと滑り、奥のロッカーに激突して椅子から放り出された。ほぼ毎日のように繰り返されるお説教に、いい加減身が持たない。ここに来てから痣《あざ》のできない日はないと言っていいだろう。普通の出版社だと思っていたが、プロレスかなんかの練習場か。

「ろくな筋肉もないくせに、いい度胸してんじゃないか」

目の前に黒のハイヒール。床に倒れたままのオレの襟首をつかんで、女史は力任せに体を引き起こす。その右手に、青のダーマト。

「……す、すいませんでした」

息を呑みながら、オレは謝罪を口にする。ここで反論するのが無駄なことを、何よりオレの身体がよく知っている。……知りたくもなかったけど。

「来週までに撮り直してきな」

オレの体を後ろのロッカーに押し付けて容赦なく首を固定し、その顔面に艶《なま》めかしく青のダーマトを滑らせながら、女史が耳元で囁《ささや》く。普段ゲラの修正箇所なんかを指定するときに使うダーマトグラフは、もともと手術の際皮膚に直接書き込むためのものだ。だからって、毎回毎回この仕打ちはなくてもいいだろ！　とは思うものの、オレには頷くしか術がない。

「……はい」

誰だって、被害は最小限に食い止めたいもんだ。

「聞こえねぇんだよ！　ちゃんと内喉頭筋群《ないこうとうきんぐん》と腹直筋《ふくちょくきん》使って返事しろ！」

「はいいいっ！」

ようやく解放されたオレの顔面には、いつものごとくサドで筋肉フェチの女史の手によって、側頭筋、前頭筋、大頬骨筋《だいきょうこつきん》、咬筋《こうきん》だとかのあらゆる顔の筋肉名が正確な位置に書き込まれていた。……そろそろ本気で転職考えるべきだな。

街の情報誌を出版しているうちの会社は、営業がオフィスの八割を占領し、残りの一割強を庶務と経理が女の強引さでもって支配し、オレのいる制作部は、ロッカーと棚に囲まれた一割にも満たない狭小のスペースに四人がひしめき合って働いている。

「……の、……いよ……んた……て……」

洗面所でなんとかオリジナル顔面を取り戻して帰って来たオレの隣の席では、鶴橋《つるはし》がいつも通りぼそぼそと一人でしゃべっていた。極端に猫背の彼は、目の辺りまでかかる髪に、首もとのヨレたTシャツが定番だ。そして何度注意しても、オレのデスクまで彼のフィギアたちは侵入する。どうやらいつもアニメソングを口ずさんでいるらしいのだが、オレには不気味な呪文《じゅもん》にしか聞こえない。いや、はっきり聞こえても嫌なんだけど。オレはこちらのデスクにまではみ出してきている、やたら巨乳で、魔女の格好をした少女のフィギアを力任せに押しのけた。その瞬間、そんなに早く動けるんだ⁉　というくらい面食らうスピードで、鶴橋がフィギアを庇《かば》うように回収にくる。そして無言のまま、伸びた前髪の隙間《すきま》から鋭い眼光を向けられた。んなことでいちち睨《にら》むなよ。オレは妙な悪寒を感じて再び席を立った。森ノ宮女史といいこいつといい、この会社の制作部は本当にどうかしている。

「お人形くらい大目に見なさいよ、ケチねぇ。リリカちゃん可愛いじゃない」

背後からそんな男の声が聞こえて、オレはますますげんなりする。つーかあの魔女はリリカっていう名前なのか。オレの真後ろの席で、その巨体でもって二人分の席を陣取っているのは今宮《いまみや》だ。元ラガーマンの彼はその隆々たる恵まれた肉体を持ちながら、心には乙女が住んでいる。スイーツ特集の原稿を見るたび、きゃあきゃあと女子社員と戯れている姿は、正直眩暈《めまい》がした。

「じゃあその可愛いリリカちゃんに魔法かけてもらえ。手術しなくても女になれるかもしれねぇぞ、元フォワード」

それだけを言い残して、オレは後ろで上がる今宮の絶叫を無視して喫煙所へ向かった。サドにもオタクにもオカマにも付き合ってられるか。

「ホントだって！　マジで見たんだから！」

オフィスが全面禁煙のため、煙草《たばこ》依存症の人間は非常階段の踊り場で肩を寄せ合う。喫煙所、という名前はついているが、灰皿は給湯室から持参せねばならない。オレは顔面にダーマト跡が残っていないかもう一度ガラスの反射で確認し、喫煙所へ続くドアを開ける。その途端身体《からだ》にまとわりつく蒸し暑い夏の空気に眉根を寄せて、ポケットの煙草を探した。梅雨《つゆ》明けから一気に気温が上昇した今年は、猛暑が予想されている。夏は嫌いじゃないが、この湿気が嫌だ。なんだって日本はこうもジメジメしてやがる。

「それほんとに野田《のだ》部長だったの？」

「絶対本人！　あたし奥さんも見たことあるもん。その時はまだ結婚前だったんだけど、あれは間違いなく浮気だね。連れてた子、超若かったし」

「結婚前に、やることやってんのね～」

「営業部長だもん。女の子一人引っ掛けるくらいちょろいでしょ。そりゃボーナスでアウディも買っちゃうわ」

「あのアウディも、散々白か黒か迷ってたらしいよ。結構優柔不断なんだねー」

「盛り上がってんねぇ」

　黄色い笑い声があがる踊り場にのっそり顔を出して、オレはポケットから探し出したメンソールの煙草を咥《くわ》える。たむろしていたのは原稿の文字入力バイトの女の子たちだった。皆夜間の専門学校に行っている学生か、実家暮らしのフリーターだ。筒抜けの喫煙所で営業部長の噂 話《うわさばなし》を堂々とするあたり、頭がいいかどうかは疑問だが、サドでもオタクでもオカマでもない人間たちに、オレは束の間の安堵《あんど》を感じていた。今なら誰でも癒し系だ。

「あ、中津《なかつ》さんオツカレサマデース」

　制作部の中で唯一まともだと自負しているオレに、女の子たちも愛想はいい。いいはずだ。三十路まで四年のカウントダウンが始まったオレにとって、二十歳《ハタチ》前後の女子と戯れる機会はそうそうない。皆ギラギラゴツゴツした爪を誇示するように煙草を指に挟んで、付けまつげとアイラインで作りこんだ目元を時折伏せながら、グロスを乗せたテカテカした唇から紫煙を吐き出す。コンパで、煙草は吸イマセーンという女のセリフを信用しなくなったのは、他ならぬ彼女たちのおかげだ。

「中津さんてー、何歳なんですかー？」

灰皿を共有するオレに、当たり障りの無い質問が新人のバイトから飛んでくる。

「いくつに見えますかー？」

「えー、三十五とかぁ？」

しばいたろかこのガキ。

「残念ながらまだ二十代ですー」

何が残念なんだオレ。誇っていいはずだろう二十六歳。

「えー見えなーい！」

やかましいわ！

心の声は押し殺しておいて、オレは笑顔のまま煙草を吸い続ける。これだこれ。大人の余裕。

ビルの八階にあるこの喫煙所からは、界隈《かいわい》の様子がよく見える。すぐ近くに昔ながらの商店街がまだ残っていて、その一軒一軒の屋上や屋根がよく見えた。汚いコンクリの屋上で、エアコンの室外機が一様に並んで熱風を吐き出している。その傍ではためく洗濯物。その雑然とした風景と夏の空は、異質なのになぜか融和する。オレは煙草を咥えたまま、こめかみの辺りから顎へと流れてくる汗を拭《ぬぐ》った。胸に張り付くTシャツを引っ張って、気休めながら風を通す。

「じゃあ中津さん、あたしたち戻ります」

バイト歴の長いヨリコがそう言って、灰皿をオレに回してくる。最後の人間が片付けるのが、ここでのルールだ。

「あ、ヨリコちゃん」

オフィスへ戻ろうとする巻き毛を呼び止めて、オレはポケットから空の煙草の箱を取り出した。

「最後の一本吸っちゃってさ。悪いけど、一本もらえる？　買いに行く暇ないんだわ」

ヨリコとは同じ銘柄を吸っていたはずだった。オレの申し出に、ヨリコはにっこり笑って頷《うなず》くかと思いきや、予想外の言葉を口にした。

「それなら、給湯室に誰かの旅行のお土産みたいな煙草がおいてありましたよ。メンソールっぽい箱だったから、吸ってみたらどうですか？」

「……あ、そう」

このショックはなんだ。麦茶だと思って飲んだらめんつゆだったとか、ゴミだと思ったらホクロだったとか、そういう類《たぐい》のボディブロー。

それじゃあ、と微笑《ほほえ》んで去っていくヨリコの背中を見送って、オレは戦い終えたボクサーのような足取りで給湯室へ向かった。それでも吸わないという選択肢はオレの中にはない。禁煙なんてクソクラエだ。死ぬまで煙食ってやる。そう毒づきながらたどり着いた給湯室で、禁煙セラピーの本を見つけてオレは舌打ちする。誰だ、嫌味のようにこんなもんを置きやがった奴は。小さな抵抗のごとく本の表紙が見えないように裏返しに置き直し、オレはお土産ボックスの中に入っている数種類の煙草を手に取った。

旅先で見つけたご当地銘柄の煙草を、ニコチンジャンキーどもが勝手に買っておいていく。ご自由にお吸いください、と書かれた紙が水に濡《ぬ》れて、インクが滲《にじ》んでいた。オレはその中から、封の開いていない青い箱の煙草を選んだ。見慣れない文字と、グロテスクな魚のマークが描かれている。

「なんだこれ」

一体どこの国のものかもわからない。でも他に、メンソールらしきパッケージは見当たらなかった。

「中津」

「っはいぃ!!」

　突然背後から名を呼ばれて、オレは直立不動で返事をする。首元に突きつけられる感触はダーマト。サド女史に違いなかった。オレは自衛本能か、両手を開けるために魚の煙草をジーンズのポケットにねじ込んだ。そしてそのまま両手を上げて、抵抗の意志がないことを示す。なんで会社でこんな目に遭わねばならんのだ。軍人の訓練基地かなんかか！

「煙食ってないでさっさと仕事しな」

　耳元で囁かれる。

　小刻みに頷いて、オレはそろりとオフィスの方へ足を向けた。煙草を吸いに出るのは自由なはずですけど、なんていう反論はしない。そんなこと言ってる間に筋肉名がひとつ増えるだけだ。だが、オレの従順な背中にさえ再びその手は伸びた。

「返事は内喉頭筋群と腹直筋使ってしろっつっただろーが!!」

　オレの後ろ襟をつかんで足払いをかけた女史は、そのまま床へと引き倒し、馬乗りになって背中が露になるようTシャツを乱暴にたくし上げる。

「いってええっ!!　つか背中っ、背中はやめてください！　消せないからっ」

「やかましいこの貧弱不能野郎！　広背筋が張ってない奴に発言権なんかあるわけないだろうが！」

背中にダーマトが走る。結構な筆圧で書かれるのでそれだけでも普通に痛い。ていうかオレはたしかにマッチョじゃないが、貧弱ではないし、まして不能でもねぇぞ！ていうかなんで広背筋が張ってなかったら発言権がないんだよ！　サド女史は、体をよじってなんとか逃れようとするオレの髪の毛を背後からつかんで、上体を持ち上げた。腰！　腰にくるからその姿勢！

「あたしは今から、営業と取材に行ってくる。帰ってくるまでに、次号の占いのページ、仕上げときな」

首筋にまで走るダーマトの感触を感じながら、オレは思わず叫んだ。

「……ていうかそれだけなら普通に言ってくださいよ！」

その余計な一言のために、足で転がされたオレは再び顔面にも筋肉の名前を描かれた。もういい加減訴えてもよさそうなもんだ。

サド女史が怯《おび》える営業マンと一緒にエレベータに乗り込んでいくのを見送って、オレは給湯室で本日二度目の洗顔をした。ダーマトが水性なのがせめてもの救いだ。背中の書き込みは、服さえ着ておけば見えないということでそのままにする。会社で半裸になるわけにもいかねぇし。

「今日も派手ですねぇ」

Tシャツの裾で水滴を拭いながら喫煙所に戻ると、一部始終を聞いていたらしい営業の長堀《ながほり》が、同情めいた笑みを浮かべて煙を吐き出していた。

「背中見る？」

「遠慮しときます」

「あ、そう」

誰かこの理不尽な肉体と心の痛みを分かち合え。

オレはあっさり断りやがった長堀に恨めしい目を向けつつ、さっきの煙草をジーンズのポケットから取り出して封をといた。本来なら自分の吸いたい本数だけ抜き取ってあとは返しておくのだが、新しい煙草を買いにいけそうな時間がなかったことと面倒くさかったこともあって、オレは一本だけ取り出すと、その煙草を再びポケットにねじ込んだ。

「忙しいんすか？」

同じオフィスにいる営業マンのくせに阿呆《あほう》のような質問をしながら、長堀はオレにライターを差し出す。四人しかいない制作部がかつて暇だったという話は聞いたことが無いし、実感も無い。まだ二十代前半の彼は、数字は上げてくるのにその辺の空気を読むのがへたくそだ。

「忙しくないわけがないよね」

「ですよねー」

「そうだねー」

でもオレは彼のことが嫌いではない。男の天然キャラに癒されている自分には、激しく疑問を感じるが。

吸い込んだ魚の煙草は、メンソールではなかった。パッケージに騙《だま》されたなと思いつつ、しょうがないのでオレはそのまま吸い続ける。なぜメンソールにこだわるのかと聞かれれば特に意味も無いわけだし、この辺で普通の煙草に戻しても悪くない。味自体は特に癖もなく、少し軽いのが物足りないくらいだ。総じて、パッケージの割に吸いやすいと言ってもいいだろう。

「そういえば中津さん、次号から占いのページ担当するんすか？」

「あー、らしいねー」

オレは他人事のように返事をする。占いなんかを信じてる奴が、この世の中にいることの方が驚きだ。

「今度から占いの結果くれる先生、めちゃくちゃ当たるって評判の人らしいですよ」

「へー」

「なんでも野田部長のコネで捕まえたらしいっす」

「ふーん」

だからなんだ。オレは別に占いの先生と仲良くなりたくてここの制作部に来たわけじゃない。もちろんあのサディスティックな女史に筋肉の名前を教え込まれるためでもない。

オレは長堀の言葉を半分聞き流しつつ、手すりの外の、室外機が並ぶ屋上に目をやっていた。

じゃあなんで。

なんで、ここに来たんだっけ？

空からの熱風がオレにぶつかって、鎖骨の辺りで絡んで流れる。

全然うまそうに見えないパスタとか、やる気満々のおっさんとか、本当にそんなものを撮る仕事がしたかったのか？　レイアウトとかデザインとかキャッチコピーとかを、パソコンの前に張り付いて頭から煙が出そうなくらい考えるためだったっけ？

オレはため息のように煙を吐き出す。

でもそれが仕事だし。それで金もらってるし。仮に何がやりたいんだって聞かれても、たぶん答えられないし。

灰皿に落とした、煙草の灰。

やりたいことか。オレは自分の思いつきの問いに思案する。大学の頃《ころ》はよかったなぁ。あの頃は、何も考えずにただ好きなだけ写真を撮ってた。オレは自室のクローゼットに入れっぱなしにしてある一眼レフのカメラを思った。何年か前にシャッターが下りなくなって以来、修理に出そうと思いながらそのままにしてある。

「じゃあお先です」

適当な返事のオレに愛想をつかしたのか、長堀はそう言って灰皿を手渡し、オフィスに戻って行った。一人で吸うのは嫌いじゃない。オレは非常階段の手すりにもたれかかって、外の景色を眺めたり、自分の吐き出した煙を目で追ったりしていた。

「……あっちぃなー……」

垂れてくる汗を拭う。七月も下旬に入った。世間一般は夏休みとかいう長期休暇に浮かれ騒いでいる。そんなもんガキのためにあるだけのもんだろーが！　と毎年思うオレ。小せぇ。

煙草を咥えたまま、オレは青すぎる空をぼんやりと見つめ、だんだん焦点がおかしくなる遊びを繰り返した。鬱陶《うっとう》しいほどの暑さがあいまって、頭がぼうっとしてくるのに拍車がかかる。さっさと仕事に戻らなければ、女史が帰って来たときに報告ができない。そしたらまたあのダーマトの餌食《えじき》になるのは目に見えているのだが。

ふと落とした視線の先。手すりに置いた腕のあたりに小さなピンク色の物体を見つけ、オレはぼんやりした思考のままその形を認識する。

「……さかな？」

ちょっと待て、んなわけねぇだろ。

だがよく目を凝らして見ても、確かに小さな魚だ。鮮やかなピンク色の体に、長いヒレがちょろちょろと動いている。なんでこんなとこに魚なんだ？　魚っつーのは水の中にいるもんだって相場が決まってるだろう。それとも何か？　妖精《ようせい》か何かか？

そんなことを思って、フリーズする数秒。視界の端で手に持ったままの煙草の灰が落ち、そちらに目をやったところで、オレは再び口を開けたまま固まった。

手すりの向こう側の空間を、巨大な青緑色の魚が、丸い目でぎょろりとオレを捉《とら》えて通りすぎる。

空の中で、柔らかく優雅に揺れる尾びれ。

それを呆然《ぼうぜん》としたまま見送って、オレはおもむろに目頭の辺りを押さえた。何？

何だ？　これがよく言う白昼夢か？　空を泳ぐ魚とか、二十六の男がいくらなんでもメルヘン過ぎるだろ。そんなことを思って、ちょっとだけ覚悟を決めて再び顔をあげる。

「……マジかよ、」

魚だ。

さっきまで見慣れた空が広がっていたはずのそこには、ごく普通に夏の空が見えていたはずのそこには、海中のごとくおびただしい数の魚が泳いでいた。

オレの背中を、暑さのせいだけではない妙な汗が滑っていく。それと同時に、寒くもないのに足元から鳥肌が這《は》い上がった。ついにきた。ついにきたか。とうとうアタマにキタ。そりゃそうだ、こんな職場だ。精神にきてもおかしくない。

オレは静かに息を呑む。

空を泳ぐ魚。それは全てが半透明で、小さいのから大きいのまで、カラフルな奴から地味な奴まで様々だ。群れを作って塊になってるやつも、一匹で悠々と泳ぐやつもいる。長い触手を伸ばすクラゲや、バネのように全身を使って泳いでいくタコの姿も見える。それを追いかけるようにして泳いでいく流線型の銀色の群れ。

徹夜を何日も続けてると幻覚を見るとかいう話は確かに聞く。だけど、まさか魚とは。オレのアタマもなかなか発想力豊かじゃねぇか。……とか、余裕こいてる場合じゃなくねぇかコレ。

「……お、落ち着け。まずは落ち着け」

そう自分に言い聞かせ、オレは目をつぶって十秒数えてから、ゆっくりと開けてみる。大概幻覚なんてのは、脳みそが疲れてるだけだ。きっとすぐに治まるだろう。たいしたことじゃない。そう思っていたのだが。

サメと目が合った。

「うっそぉ！」

背びれが尖《とが》っていて凶悪な目をした、オレなんてひと飲みにしてしまいそうな大物だ。なんかテレビで見たことあるし！　オレをちらりと見た後ゆっくり旋回してきたそいつは、突如オレに向かってスピードを上げた。えっ、と思った瞬間、体中の毛穴が開いたような感覚に身震いする。やばくない？　これすごくやばくない？　迫ってくる巨体と開いた口に鋭く並んだ牙に、オレは思わず両腕で頭を庇うようにして身を縮めた。拍子に、灰皿が落ちてコンクリの床に灰をぶちまける。

「……あれ？」

だが衝撃はなかった。恐る恐る顔を上げると、オレを貫いていった半透明のサメが、悠々とオフィスへのドアを通りぬけるところだった。

「うそうそうそうそ!」

オレは慌てて床で煙草の火を消し、落とした灰皿をそのままにしてオフィスへと向かう。なんだかわからないが、あんなサメが部屋に入り込んだら誰だってパニックになるに決まっている。オレは阿鼻叫喚図《あびきょうかんず》を思いながらオフィスに続くドアを勢いよく開けた。開けた途端、戸口にいた今宮とぶつかり、反動で思い切り床に尻餅をついた。格好悪いことこの上ない。

「なかつん、こんなところにいたの? 帰ってこないから心配したわ」

オレとぶつかった衝撃ごときでは微動だにしなかった今宮が、何事も無かったように立っている。さすがだな元フォワード。

「……誰がなかつんだ」

平均一般男性の体格のオレは、尻をさすりながら起き上がりオフィスの中を見回した。

「いた!」

さっきのサメは、サメだけでなく他の魚も、オフィスの天井際を悠々と泳いでいた。

中にはデスクのあたりに群れてるのもいれば、パソコンに向かって仕事をしている社員のアタマを通り抜けている魚もいる。だが、どいつもこいつも何の反応もしない。

なんでだよ!?　なんでそんなにスーパークール!?

「やだ、痛む？　ごめんなさいね」

「いや、そのいたじゃなくて」

ごつい手を自分の頰に当てて心配する今宮に、オレは念のため尋ねた。

「今宮、あれ見えるよな？」

指したのは、ちょうど今宮の斜め後ろで悠々とヒレを動かすナポレオンフィッシュだ。さっき、手すりの外で見かけた魚。こいつはよく雑誌なんかで取り上げられているおかげで、オレでも名前がわかった。青緑色の体は、一メートルくらいあるだろう。分厚い唇と、コブのようにちょっと出っ張った額。でけぇな。つか、こんな近くで見ると顔の模様とかがわりと気持ち悪い。

「え？　どれ？」

今宮は振り返って確認する。

「それだ、その青緑のタラコ唇」

「セクシールージュ？　いやぁね、なかつん、この会社にアンジェリーナ・ジョリーはいないわよ」

勝手な解釈を加える今宮の身体を、泳いできたナポレオンフィッシュが通り抜けた。今宮は何事もなかったように、まぁセクシーさならアタシ負けないけど？　なんてほざいている。寝言は寝てから言ってくれ。

どういうことだ。

オレは視線を滑らせながら密かに息を呑んだ。喉の辺りを垂れてきた汗が滑っていく。本当にオレのアタマがおかしいのか。オレだけがこの魚たちを見ているのか。

辺りを見回していたオレは、もう一度喫煙所の方を振り返り、次の瞬間、今度こそ頭を庇うようにして地面に伏せた。

「っんだよこれ!!」

非常階段を突き抜け、黒々しくさえみえる銀色の巨大な塊が降ってくる。全長二十センチほどの魚がありえないほど密集した大きな群れだ。それはオレを飲み込んでなお、目まぐるしく左右に動き、上下に分かれ、散ったかと思えばまた大きな群れを形成する。触れられないはずなのに体ごと持っていかれそうな感覚と、目まぐるしく変わる目の前の風景に、オレは吐き気を覚えて思いきり嘔吐《えず》いた。一体オレが何したって言うんだ。なんでいきなりこんな魚に襲われにゃならんのだ！

「どうしたの、なかつん」

突然地面に転がったかと思えば吐きそうになっているオレに、今宮が心配と不審の入り混じった目を向けてくる。

「どうしたもこうしたも……」

ようやく魚の群れがオレから離れ、軽く咳《せ》き込みながら体を起こす。そして今宮の方を見上げた瞬間、今度は彼の後ろから、さっきオレを貫いて行ったサメが鋭い牙を誇示しながら急降下してくるところだった。

「今宮避けろ！」

思わず叫んで、オレはもう一度地面に伏せる。

「なあに？」

のん気に振り返っている今宮を貫き、サメはオレの目と鼻の先で、さっきの群れを形成していた小魚を捕らえる。音なんて聞こえないはずなのに、確かにその鋭歯にかかった音が聞こえた気がした。

「なかつん？」

いよいよ不審がっている今宮が、取り扱いを考えあぐねるようにオレを見下ろしていた。

サメの尖った背びれを見送り、オレは必要以上にびっしょりとかいた汗を拭いながらゆっくりと体を起こした。その拍子に垂れた汗が、グレーのカーペットに染みを作る。

「……なんで？」

オレは愕然《がくぜん》としたままつぶやく。さっぱり状況が飲み込めない。

下ろした視線の先には、ちょろちょろと小さな魚が泳いでいた。追い払うように右手を動かしたが、魚が手に触れることもなく、反応することもなく、瑠璃《る》《り》色《いろ》の小魚はそのまま泳ぎ続ける。

……だめだ。

オレはどこか冷静な頭のまま、その判断を下す。

このままじゃ発狂する。

ていうか、もうしてるかもしれない。

「……今宮、オレ早退するわ」

一体どうすればいいのかも見当がつかない。ニンニクでも食って寝れば治るのか？誰かに殴ってもらえばいいのか？

「えっ、ちょっと、なかつん」

戸惑う今宮を置き去りにして、オレはカバンを取りに自分の席へと向かった。途中、デスクの陰からいきなりデカイ魚が出てきて、オレは思わず声をあげて避ける。触れられないとわかっていても、急に出てくると心臓に悪い。つーかマジで、心臓どころかのハナシだ。一体オレの脳みそはどうなったんだ！

挙動不審なオレに気付いて、さすがの鶴橋も前髪の隙間から不思議そうな目を向けてくる。その前を、こげ茶色のばかデカイ魚が、しゃくれた下顎をゆっくり動かしながら通り過ぎた。ゆらゆらした胸ひれが、鶴橋の顔面をなでるように動く。

「……知らない方が幸せって、こういうことなんだろうな」

それだけを言い残し、オレは生まれたての小鹿のような足取りでオフィスを出た。

無意味にボタンを連打して呼んだエレベータを待つ間、顔の横でちょろちょろする小魚を追い払っていたら、開いたエレベータから出てきた宅配便の業者に怪《け》訝《げん》な顔をされた。弁解もいい訳もめんどくせぇことこの上ない。オレは愛想笑いを浮かべたままエレベータに乗り込む。今絶対変な奴って思われたな。

扉が閉まって動き出したら、ナポレオンフィッシュと二人きりだった。

二

走っても走っても、魚を振り切ることはできなかった。いくらオレが日ごろから運動不足で、ちょっと走っただけでもふくらはぎ辺りがつりそうになり、おばちゃんの乗ったチャリンコに追い抜かれてしまうくらいのスピードしか出せなかったとしても。要はそういう類のモノじゃないってことだ。信号待ちの間も、うまい定食屋がある通りを横切るときも、魚はオレの視界の中を悠々と泳ぎまわり、時々その感情の無い目でぎょろりと一瞥《いちべつ》していく。

何なんだ一体。誰なんだお前ら。目をこすっても頭を振っても、まるで海の中にいるような景色は変わらなかった。いや、そんないいもんじゃない。水族館のアクリルのトンネルを通り抜けているような景色……でもない。そんなもんより遥《はる》かに近くを奴らは泳ぐ。

突如目の前や足元を横切る魚のおかげで、オレは何にもないところで突然叫んで不審な動きをする怪しい人になってしまった。何匹かはオレの身体をしれっと通り抜け、そのたびにオレは魚が貫通した身体をまさぐる。完全に夏の暑さにイカレた人だ。世間の目って冷たい。しまいにオレは半透明の魚群に遠近感をなくし、目当ての安アパートにたどり着いたときは、ひどい眩暈と吐き気に襲われていた。

「きもちわる～」

黒く塗られた外付け階段の手すりにすがりついたオレは、日差しに晒《さら》されたそれの熱さに思わず短く叫んで手を離した。途端に、無駄なカロリーを消費した気分になって憂鬱に拍車がかかる。午後四時前になってもなお、真夏の日差しは弱まることなく降り注いでいる。オレは垂れてくる汗をTシャツの袖で拭いながら、二階へと階段を上った。この汗の量なら、背中の書き込みも流れてしまったかもしれない。オレについてくるように二階へ上がってきた黒っぽいフグを、気持ちだけでもと殴るようにして追い払っていると、半分開けたドア越しに喧嘩《けんか》をしていたらしいカップルに目撃された。すげー気まずい。

「……どーも」

首だけで会釈して、オレはその隣の部屋に向かう。不審な目が背中に痛い。オレはいたって普通の人間のはずなのに。

「山崎《やまさき》ー、」

チャイムを押したけど、壊れているようだった。どうせまた不慮の事故で配線がどうにかなったんだろう。こいつを訪ねてどうにかなるわけではないが、いきなり医者に行くほどの勇気がなかった。オレは五回ほど連続でドアを叩《たた》いてから、返事を待たずにノブを回した。大学時代からの腐れ縁に、今更遠慮も無い。

「ストップ!!!」

ドアを開けるやいなや、山崎がいつに無く真剣な面持ちでオレを玄関でフリーズさせた。

「……何？」

山崎の部屋の中にも魚が見えることを確認して、オレは普段の二パーセントほどのテンションで尋ねる。その辺のタレントより整った顔立ちで背も高いくせに、食っても食っても肉がつかない山崎の体は細い。細マッチョなわけでもなく、単に細いのだ。また痩せたんじゃねぇの？

フリーズしたオレの右手からそっとドアノブを引き受けると、山崎はオレを室内に招き入れ、音すら立てないほど静かにゆっくり慎重にドアを閉めた。

室内にエアコンはついておらず、ベランダに面した窓が全開になっている。ちょっとばかり涼しい環境を期待したが、外とそれほど変わらなかった。部屋の隅には、好奇心に任せて購入したと思われる健康器具らしきものや、その他何に使うのかよくわからない通販グッズが山積みになっていた。特徴のある真っ黒の箱は、深夜にやっているテレビの通販番組で使われているものだ。

「仕事は？」

振り返って、山崎が尋ねた。

「ていうか、何だよ？」

「何が？」

「ドア」

単語だけを返しながら、オレはワンルームの狭い部屋の壁に、直接板を留めて作った棚に並べられたプラモデルに目を留める。ロボだの車だの戦車だの、興味の向くままに買ったとみえる作品だ。この前来たときはまだ作りかけだったガンダムが、今日は見事に完成して一番目立つところに置かれている。その物に興味があるわけではなく、作り上げることに喜びを見出すタイプだ。大方これも通販で買ったんだろう。

「やっと完成してさ。でもこの前普通にドア閉めただけなのに一個落ちちゃって。だから慎重になってんの」

「相変わらずアンラッキーだな」

男前のくせに常に何かしら運が悪い友人を、オレはまじまじと眺める。買い物に行けば雨が降り、メシを食いに行けば店が閉まっている。閉まっているくらいならまだいい。この前は更地になっていた。コンビニに行けば小銭を落とし、弁当を買えば箸がついてない。洗濯物を干せば風で飛んでいき、お気に入りのTシャツだけ見つからないとか、数え上げたらきりがなく、オレは今までの人生でこの男以上のアンラッキー人に出会ったことがない。そりゃ怪しい通販で開運のパワーストーンブレスレットとか買うわな。

「ぐ、偶然だって！　それに慎重に閉めれば落ちないことわかったし」

そう山崎が言った途端、隣のカップルの喧嘩がついに決着したのか、女の激しい怒鳴り声と共に轟音《ごうおん》を立ててドアが閉められた。隣の部屋のドアだ、一応。それでも壁の薄い安アパートとアンラッキーの神は、山崎のために手を組んだ。閉めたドアの衝撃で、壁のほぼ一面を埋めていた棚が外れ、プラモデルは見事にフローリングの床へと落下した。そこら中にロボの腕だの車のドアだのが転がる。やっぱこういうオチか。

裏切らねぇなぁ相変わらず。

「まだまだ現役だねぇ」

つぶやいて、オレは絶叫する山崎を無視したまま、吹っ飛んだガンダムの頭の上をふわふわと泳ぐ、小さなパラシュートのようなクラゲの群れをぼんやり眺めていた。

細々した部品を背中を丸めて拾い集め、テレビの後ろに入り込んでしまっていた戦車のキャタピラを回収したところで、山崎は長いため息を吐いた。偶然だと言いながら、誰よりもアンラッキーな自分を呪っているのはこいつだ。健気《けなげ》に生きてはいるが、実は落ち込んでいることの方が多い。残念ながら、左手首のブレスレットの効果はないらしいな。てか、むしろひどくなってねぇか？　オレはそれ以上触れないことにして、冷蔵庫から勝手に麦茶を出してグラスに注いだ。こっちだってアタマにキテるんだ。今さらこいつのアンラッキーに同情してやる気もない。

冷えた麦茶を飲みながら、オレはテレビの上に飾られた写真立てに目をやる。落下を免れたそれは、大学の頃にオレが撮った山崎の写真で、大学三年の夏休み、寝袋だけを持って原付であてもなく旅をしたときのものだ。海沿いの田舎道に原付をとめて、メットをかぶったままの山崎が満面の笑みで写っている。ガードレールの隙間から見える海と、白い雲を泳がせる夏の空。オレがふざけて道路に寝そべって撮ったそれを山崎が気に入り、渋るオレを言いくるめて雑誌に投稿した。そしてそれは、素人の作品が載る本当に小さなコンテストだったけれど、審査員特別賞という名目で受賞した。最初で最後のオレの栄光。

「お前はこの頃から変わらないねー」

オレは写真立てを手にして、しみじみつぶやく。無邪気というか、バカというか。

「何が？」

「アンラッキーなとことかが」

「それって進歩してないって事？」

山崎がしかめ面で、オレから写真立てを受け取る。

「オレこの写真好きだよ。審査員の講評にもあったじゃん、人物が生き生きと撮れていて思わずつられて笑顔になる写真だ。オレそれ読んだ時、中津藍《あい》はやっぱり天才だって思ったもんね。写真続けたらいいのに」

「ばーか、そんなんで調子に乗れるほど、世の中浮かれてねぇんだよ」

言い訳のようにそんなことを言って、オレは洗濯物の山が占領するソファーベッドの一角に居場所を決める。部屋の中で相変わらず魚たちは泳ぎまわっていた。そうだ、昔話をしにここへ来たわけじゃなかったんだ。

「オレさぁ」

ぐったりしながら口を開く。山崎が扇風機のスイッチを入れて、部屋の中を蒸し暑い空気が循環し始めた。めくれあがる雑誌。

「さっきから魚が見えるんだよ」

沈黙が五秒くらい続いて。

山崎は神妙な面持ちで尋ねた。

「……食いたいの？」

「いや、そうじゃなくて」

いっそこいつらを料理できたらどんなにいいか。

雑然と散らかった部屋で煙草を探す山崎に、オレは自分のポケットから取り出した煙草を渡す。変なパッケージ、と短い感想を言って、山崎は安っぽいライターで火をつけた。ブーンという、扇風機のモーター音が耳につく。なんだか熱風が動いてるだけのような気もするが、ないよりはマシか。

「さっき会社にいるときに、急に見えるようになってさ。こう、空を海のごとく魚が泳いでんの。今もほら、見えてる」

オレは目の前を泳いでいった、尖った口の黄色い魚を指差して言う。

「やっぱアタマにキタ？　こういうのって労災おりんのかな」

オレの話を聞きながら、山崎はゆっくり煙を吐き出してぼんやり窓の方を眺めていた。聞いてねぇなこいつ。まぁそらそうだろう。こんな話をいきなりされて、信じろという方が無理だ。それでもお前なら信じるかと思ったんだけど。オレはちょっと寂しくなって、かなりかわいく甘えてみる。

「やまさきぃ」

「それってさぁ」

ぼんやりしているだけかと思っていた山崎の目玉が、何かを追うようにぐるりと動いた。ていうかオレのかわいさは無視か。山崎は天井辺りに目をやったまま、ぼそりと尋ねる。

「半透明？」

飲みかけた麦茶が、オレの口の中からグラスへとリバース。

「見えんのか!?」

オレは目だけを動かして何かを追っている山崎の肩をつかんだ。マジかよ。

「山崎！」

そう呼びかけると、山崎はようやくオレを見て、次の瞬間その目を見開いて叫んだ。

「ジンベイザメ!!」

魚類最大の、あれだ。

振り返ると、開け放った窓から、オレたちなんてひと飲みにしてしまいそうな、十メートル以上はある巨大なジンベイザメが悠々と入ってくるところだった。……マジかよ。

「すっげぇ！　見て見て、腹の下にコバンザメついてる！」

山崎が無邪気にはしゃぐ。水族館かなんかと勘違いしてんじゃねぇかこいつ。オレは脱力して山崎の肩から手を外すと、ため息混じりにジンベエの腹を見上げた。白い腹にぴったり寄り添うように、小さな魚が泳いでいる。これがコバンザメか。ていうか近いんだよ！　普通にオレのアタマかすってるって。

「あれっ！　ジンベイ消えた！」

不意に山崎がそう言って、辺りを見回した。

「まだいるじゃん、そこに」

オレの目にはゆっくりと尾ビレを動かして泳ぐ巨体が、半透明とはいえしっかり映っている。綺麗《きれい》な水玉模様だ。

「うそ！　もう小さい魚しか見えない！」

「あぁ？　いるだろそこに」

オレは山崎の顎をつかんで、強引にジンベイの方へ顔を向けてやる。

「あ、いた」

「だろ？」

オレは顎の手を離す。

「また消えた！」

「なんでだよ!!」

「ていうか、わかった！」

山崎は視線を固定したまま、オレの肩に手をつけたり離したりする。こんなことで一体何がわかるんだ、とか思っているうちに、山崎の反応とそれがリンクしていることに気づいた。なんだこれ。

「藍に触るとジンベイのいる景色が見えるけど、手を離すとジンベイがいなくなる！ジンベイだけじゃなくて、他の魚も。景色が切り替わるんだ」

それが、山崎の出した結論だった。

「……つまり、オレに触ってる間だけ、オレの見てる魚の景色を共有してるってことか？」

ややこしいが、どうやらそういうことのようだ。

「……なんで？」

オレは冷静に尋ねる。うん、普通に疑問だ。

「わかんないけど。でもいいじゃん、これ。毎日癒されるー！」

元々細かいことにこだわらない山崎は、ジンベエの出て行った部屋の真ん中に寝そべって、海中気分を満喫している。小学生かお前は。ていうかそもそも、なんで山崎はいきなり魚が見えるようになったんだ？　お前その辺は気にならないわけか？

「水族館行かなくても楽しめるねー」

「馬鹿《ばか》かお前は。毎日だぞ？　部屋の中も外も、仕事中もデート中も、常にこれが見えるんだぞ？」

「そんなに嫌かなぁ」

のん気につぶやいたと思ったら、山崎は絶叫と共に何かを避けるようにして、バッタのごとく跳ね起きる。

「なにあれ！　毒持ってそうなひらひらのシマシマ!!　なんとかカサゴとかいうやつじゃないの！」

「だからそういうのも見えるんだって、普通に」

「やっぱ嫌だ！　見えなくていい！　オレ絶対刺される！」

魚には触れられないのだからその心配は無いが、アンラッキーの彼を思って絶対とは言い切れなかった。オレの意気地なし。

「それにしても、なんでお前も見えるようになったかなぁ」

なんでこんなことが起こるんだ。オレだけが見えるのなら、あのひどい職場のストレスなんていう言い訳もたったが、山崎も見えるとなるとそうも言っていられない。

テーブルの上の煙草を手にとって、オレはふとそのパッケージに目を留めた。

魚だ。

間違いなく魚の絵が描いてある。

オレはこの煙草を手にしたあの給湯室からの出来事を必死に思い出した。ダーマトに弄ばれ、長堀に愛想をつかされ。それから、これを吸ったんだ。それ以上特別なことなんかしてない。それに、山崎もこれを吸った。

「……これか」

「わぁっ、エチゼンクラゲだ！　でかっ！　気持ち悪い!!」

「この煙草のせいか！」

「ウツボだぁー!!」

「うるせぇなお前は！　なんでそんな気持ち悪いもんばっか見てんだよ！」

幻覚の中でもアンラッキーか！　一喝しておいて、オレはもう一度手の中の煙草のパッケージをまじまじと見やった。だいたいこれはどこの土産だ。絶対なんかヤバイクスリに決まっている。まっとうな煙草で、こんな風に魚が見えるようになるわけがない。

「じゃあやっぱり病院か？」

つぶやいて、オレは立ち上がる。可能性があるなら、それをひとつずつ潰していかないと事態は何も変わらない。とりあえず病院だ。早くこの海中パラダイスから解放してくれ。

「山崎、病院行くぞ！」

「え、なんで？」

「たぶん魚は、この煙草のせいだ。クスリと一緒だよ。ちょっとアタマが飛んでるんだ。放っておけば治るかもしれないけど、オレはこの生活を一分でも長く続ける気は無い！」

そう言い切ると、山崎は小刻みに頷くものの、その場に立ち尽くしたまま一向に動こうとしない。オレは玄関でスニーカーを履きながら尋ねる。

「行くの？　行かねぇの!?」

「行く！　行きたいんだけどさぁ！」

そう言って、山崎は恐る恐る自分の足元を指差した。

「ナマコがいるんだよ……」

乙女《おとめ》かおまえは！

三

「君たち来るとこ間違ってるだろう」

内科だの耳鼻科だのの患者と一緒にロビーで延々待たされ、ようやく診察室に通されたかと思ったら、白衣のじじいはそんなことを言った。

「なんでだよ！　これ、この煙草のせいで魚が見えるようになったんだよ！　明らかにアタマにキテんだろ！　脳みその分野だろ！」

病院と言っても何科に行けばいいか見当もつかなかったオレは、とりあえず近所の総合病院に駆け込んだ。とりあえず頭がおかしいと訴える、まさに頭がおかしそうなオレたちに、受付嬢は素直に脳外科を案内した。そうは言ってもねぇ、なんて偉そうに腕組みをしながら不審な目を向けてくる医者に、オレは精一杯のボキャブラリーで訴えた。オレたちが何のためにここに来たと思ってやがる。ああそうですかで帰れるか。

「おい、山崎も何か言えよ！」

　振り返ると、山崎は診察室の壁に背中を貼り付けて天井を見上げていた。

「……し、シマシマのウミヘビがいる」

　だから何でお前はそうやって気持ち悪いものばっかりを見る！

「君たちねぇ、困るんだよ。ここは脳外科。心療内科なら、ほら、駅の向こうにあるだろ」

　白衣のじじいは立ち上がって、ついにオレたちを追い出しにかかった。心療内科だ⁉　オレたちはいたって普通の若者だぞ！　……魚が見えてること以外はっ。

「ちょっと待てよ！　メンタルとかじゃねぇんだって！」

　じじい一人くらいなら勝てる気もしていたが、奥から研修医らしき若い奴らがわらわらと二、三人出てきて、オレと山崎は容赦なくつまみ出された。患者だぞ！　患者様だぞ！　なんだこの扱いは。

「おい！　ちゃんと話聞けよ！　この煙草吸ったら魚が見えるようになったって言ってんだろ！　原因わかってんだよ！　今もそこら中に見えてんだよ！　海ん中にいるような景色がずーっと！」

　診察室の扉が閉められても、オレはその前でわめき続けた。日本の医療の力を頼って何が悪い。ていうか頼むから一刻も早くこの景色からオレを解放してくれ。ロビーの患者たちの注目を集めていることはわかっていたが、ここで引き下がるわけにはいかない。

「おい！」

とうとうオレは診察室の扉を蹴り上げた。いくら温厚なオレでも生活がかかっている。カムバック平穏なマイライフだ。だが、その暴挙がいけなかったらしい。

「ちょっとあなた!!」

ドスの利いた怒鳴り声に振り返ると、着ているピンクの制服のおかげでかろうじておっさんではなくおばさんだとわかるようなギリギリの看護師が、オレを睨み付けていた。反射的に謝りそうになったのは、本能かもしれない。

「いい大人がみっともない!!　さっさと精神科にでもなんでも行きなさい!!　これ以上ここで騒いだら、ただじゃおかないわよ!!」

眼力だけで吹っ飛ばされそうな勢いで、オレたちは病院からたたき出された。命からがら、と言っても過言ではないほど、オレと山崎は猛ダッシュで病院の駐車場を走りぬけ、敷地を飛び出した。肩で息をしながら振り返ると、まだ入口の自動ドアのところであの看護師が仁王立ちで睨んでいる。なんかもうちょっと、扱い方があるだろ。

「……あ、あの魚すげー細い。ヘラみたい」

ようやく気持ち悪くない魚を見たらしい山崎が、空を指差した。オレは脱力しながらその指を下げさせて、歩き始める。もう周囲からしたら、オレもお前も完全にイカレた人だ。

「……心療内科行けっつってたよなぁ」

こんな哀れなオレたちにも、夏の日差しは容赦ない。街路樹ではあざ笑うように蝉が鳴いていた。

通りにあるビルの温度計は、嘘《うそ》か本当か三十六度を指している。なんだよ三十六度って。体温じゃねぇか。オレはスニーカーの底を引きずるようにして歩く。心療内科、という響きだけで近寄りがたい感じがするが、そこに行って治る可能性があるなら行くしかない。オレはため息と共に空を見上げ、背びれに近いあたりに青い線の入った魚の群れが泳いでいくのを見た。ああ、なんかもう普通に驚かなくなってきた。

「……あれ、なんていう魚だろうな」

嫌というほど魚を見てるのに、わかる種類はほんの少しだ。ぼんやりつぶやいてから、オレはふと我に返る。何興味示してんだ！　慣れるなオレ！

「どれ？」

山崎がオレに触れて、景色を共有する。もしかしたら、こいつの方がオレより順応早いんじゃねぇか。

「あれ見たことある。尻尾がブイサインみたいになってる魚。から揚げにするとうまいんだよ。名前知らないけど」

「知らねぇのかよ。つーか離せ！　暑いだろ」

いつまでも肩に触れている山崎の手を、強引にひきはがす。

「自分がなんていう魚だろうって言ったくせにー」

「独り言だよ」

「また強がってそんなこと言うし。天邪鬼《あまのじゃく》なんだよね、藍は」

オレたちはそんなくだらない会話をしながら歩き、蝉の声と踏み切りの遮断機の騒音に顔をしかめつつ、通り過ぎた電車が起こした熱風を浴びて、ようやく駅の向こうの病院へたどり着いた。不快指数でいうと九十ぶっちぎりだ。熱されたアスファルトに面した靴底が、いつか溶けだすんじゃないかとすら思う。

「……ほんとに行くの？」

心療内科の病院を目の前にして、山崎がぼそりと尋ねた。

目の前の建物は、異様な雰囲気だった。薄汚れた白の外壁は何ヶ所かひび割れ、ところどころを鬱蒼《うっそう》と蔦《つた》が覆っている。真っ昼間だというのに入口の軒灯はついたままで、しかも切れかけているのかチカチカと不規則に点滅している。診察時間だというのに、窓にはすべてブラインドが下ろされ、とにかく人気《ひとけ》がない。昼間で良かった、とオレは心底思う。夜に来ていたら即刻回れ右だ。ホラースポットかここは。

「い、行くしかねぇだろ？」

なんでもいいから、確固たる医療の保証が欲しかった。結局白衣の力に頼ってるオレも相当格好悪いが、この際体裁はかまっていられない。

「すいません」

入口の扉を開けると、ロビーには灯りすらついていなかった。受付にはカーテンが引かれ、人の気配もない。

「すいません！」

オレは一抹の不安を感じながら、今度はもう少し大きな声で呼びかける。診察時間中のはずだ、一応。

「すいま、」

「藍!!」

再び呼びかけようとしたとき、山崎が切羽詰った声でオレのTシャツを引っ張った。

なんだよ、今度はどんな気持ち悪い魚を見たんだ。

振り返ると、山崎は受付の方を見やったまま固まっていた。目をやると、カーテンの隙間から音もなく看護師が覗いている。若いのか年をとっているのかさえわからない。ナースキャップからほつれた髪と、やつれた頬。瞬きすらせず、無言で、ただただこちらを見つめていた。

超怖ぇぇ!!

「あ、あの」

オレは人生最大ともいえる勇気を振り絞って声をかけた。さっきの看護師といい、普通の白衣の天使はいねぇのか。

「診察って、していただけるんですか？」

ていうかすげー帰りたいけど。

オレの問いかけに、看護師は何も言わなかった。何も言わない代わりに少しだけカーテンが動いて、その口元が露になる。

彼女は笑っていた。

にっこりとかそういう優しげな笑い方ではなく、獲物を見つけたときのような、そういう笑みで。

全身を鳥肌が這い上がる。暑さのせいではない汗が、全身から噴き出した。

やばいやばいやばいやばい！　こんな病院で診察なんて受けられるか！　つーかお前が受けろ！

「やっぱいいです!!」

そう言い残して、オレと山崎は先を争うようにして病院を出た。そしてそのまま、恐怖を紛らわせるように叫びながら走り続けた。

奇しくも猛暑。夏の午後に絶叫がコダマする。その空を、魚はまだ悠々と泳ぎ続けていた。

四

写真に興味を持ったのは大学生の頃。人一倍飽きっぽくて、何をしても気持ちの続かないオレにとって、いつまでも変わることない写真の中の景色はなんだか安心できた。バイト代を貯めて本格的な一眼レフのカメラを買い、雑誌を見ながらテクニックを自己満足で勉強して、山崎や他の友達とバカみたいなことをしながら笑った日常を、ただ撮り続けた。そんな頃、山崎を撮った写真が賞を取り、漠然としていた夢が急に現実味を帯びた。簡単ではないだろうけれど、写真を撮ることは好きだったし、それが職業になるならどんなにいいだろうと思った。

そう、本当は目指していたんだ。写真で飯を食っていくこと。飽きっぽい自分が初めて、夢じゃなく目標に据えようとしていたこと。

目指していたんだ。

過去形なのは、それが過去だから。

大学四年の夏、卒業したらどっかのスタジオにでも適当にもぐりこめば良いと安易に考え、周りが就職活動のラストスパートで汗だくになっている中、一人バイトに明け暮れていたオレは、たまたま見ていた雑誌に、世界中を回って空ばかりを撮り続けた黒人カメラマンの写真集の特集が載っているのを見つけた。薄紫の夜明けや、紅の夕焼け、鏡のような湖に映る青空や、作り物のようにすら見える雲の列。その美しさに目を奪われたのはもちろん、空なんていう究極の自然を相手に、その一瞬を切り取るために費やした時間や、それを厭《いと》わなかった想いを、これでもかと見せつけられた気がしていた。

そして同時に、自分の中の何かに気づかされた。

腹が立ったのか、悲しかったのか、よくわからない。

ただとにかくその瞬間から、思い出さないようにして心の奥底に眠らせた感情。それは何年もたった今でも、昇華されることなくオレの中で淀んでいる。

大学を出てからは、適当にフリーターをしてのらりくらりと生きていた。思い出したように取り出したカメラが壊れていることに気づいてからは、それを正当な理由に完全に手を引いた。もともとカメラや写真になんて、興味のかけらも示したことがないように、全てをなかったことにした。

そしてフリーター生活が二年目に入った頃、とうとう親がぶち切れた。男なら自分で稼いで暮らせと、オレは追い出されるようにして一人暮らしをはじめ、生活費を得るために安定した社員になろうと就職活動をはじめた。そして、契約社員から正社員になれるという今の会社にやってきた。制作未経験者歓迎！　コツコツやる仕事です！　なんていう、どう考えても営業には向いていないオレにぴったりの、とにかく地味そうなうたい文句を見つけてすぐに入社を決めた。その時はまさか、上司がサドで同僚がオタクとオカマだとかは夢にも思わなかったけど。求人広告に偽りはなかったが、そこにはない情報の方が重要だったりすると悟ったあの頃。なんで毎日暴力に怯えて働かねばならんのだ。

「中津、どういう了見？」

翌日、本来土曜日である今日は週休のはずなのだが、仕事量の多いこの会社でそんな決まりはあってないようなものだ。平日と同じように出勤して席に着くなり、森ノ宮女史のダーマトがオレの顎を持ち上げた。今日は朝からかよ、とか冷静に考えられるようになった自分をちょっと尊敬する。慣れって怖い。

「昨日、占いのページ仕上げとけって言ったよな？」

「……はい。あの、すいません体調が、悪くて」

答えるなり喉元を押さえられ、ダーマトの芯とは反対側でゆっくりと顎のラインをなぞられる。

「てめぇの体調なんか訊《き》いてねぇよ。占いのページが仕上がったかどうか訊いてんだよ」

耳元で囁かれる質問。

オレはまるで殺人でも犯したような気分で告白する。

「……まだです」

「このガリ男が!!　鼻から粉のままプロテイン飲ますぞこの野郎！」

「すいませぇん!!」

朝から顔面に真っ青な御印をもらって、オレは顔を洗いに行った後黙々と作業にとりかかった。相変わらず境界線をはみ出してくる鶴橋のフィギアを押しのけ、今宮がうさぎちゃんのクリップとかで留めて持ってきた、担当している原稿の修正依頼やら新規依頼やらに目を通す。占いの結果はすでにファックスで届いていた。あとはレイアウトやらデザインやらを考えるのだが。

「……すげー邪魔」

目の前を、相変わらず魚が泳いでいく。大きいのやら小さいのやらが始終泳ぎまわるおかげで、原稿を読んでいてもパソコンの画面を見ていても焦点が合わなくなってくる。オレはその度に目をつぶったり頭を振ったりしてみるのだが、船酔いのような症状は一向に治まらなかった。

今朝、オフィスに入る前に給湯室に寄って、あの煙草が入っていたおみやげボックスに貼り紙をしておいた。〝魚の煙草を買ってきた人、中津までメールください〟持ち込んだ人を探すにはそれしかなかった。なにせ何十人という人間がいるオフィスだ。喫煙者もわりと多い上、バイトと営業は頻繁に入れ替わる。ひとりひとりに訊いて歩くわけにはいかなかった。せめて名乗り出てくれれば、どこで買ったものかわかる。そうなればこの煙草の正体だってわかるだろう。とにかく早くオレの平穏な日常を返してくれ、と願ってやまないこの二日。

オレは手元で泳ぎまわるオレンジの魚を極力無視して、社内メールの受信ボックスを開けたが、まだ煙草の件の返信はなかった。代わりに長堀から「新作手に入りました」とかいうタイトルのメールが届いていて、本文には「詳しくは携帯で」とだけあった。何かと思って携帯を確認すると、ただのワイセツ画像へのリンクだった。コロス。んなことやる暇があったら受注して来い！　とか言いつつダウンロードして保存するあたりオレもしたたかだ。男の子だもの。

「毎度ー、イルカ急便ですー」

昼になって宅配便業者が制作部に郵便物を届けに来た。土曜日だってのにご苦労様だ。そしてイルカというその名前に、オレはちらりと顔を上げる。この前エレベータですれ違った男だった。イルカのマークが入った帽子をかぶっている。今まで何にも気にならなかったその会社名が、今のオレには若干引っかかった。でもイルカって哺乳類か。魚類じゃないならよしとしよう。これがサメ急便とかタイ急便とかだったら、間違いなくつまみ出していたところだ。八つ当たりとも言う。

「今日は随分遅かったのね。もうお昼よ」

そそくさと出て行った今宮が、受け取りのサインをする。

「すいません、ちょっと道が混んでまして」

男は愛想笑いをしながら伝票を受け取って、またよろしくおねがいしまーすと言いながらオフィスを出て行った。

「メシ行ってきまーす」

そしてオレも、そう言って席を立った。朝から仕事は遅々として進んでいない。何もかもこの魚どもが悪い。こいつらさえいなければ、占いのページごとき午前中一杯で作れたというのに。

オレは尻のポケットに入れた財布を確かめながらビルを出た。途端に、暑苦しい湿気と気温がまとわりついてげんなりする。そういえば朝の天気予報で、今日も一段と暑くなるでしょう、熱中症にご注意ください、とかなんとか言っていたような気がする。夏は嫌いじゃないが、こんなに暑くなるとは聞いてない。温暖化の影響かなんか か。

土曜日の街は、普段とは違い、めいっぱい着飾った若者たちで溢《あふ》れている。いいよなお前らは。オレなんか魚見ながら筋肉の名前書かれてんのに。オレはイライラついでに煙草を探したが、ポケットから出てきたのは、例の魚の煙草だった。

「お前かよ……」

うんざりつぶやいて、オレはメシの前に煙草の自販機に寄る事にする。金輪際この煙草は吸うものか。いっそ捨ててしまおうとも考えたが、成分分析だとかで必要になるかもしれないとかいう、そういうとこだけやたら冷静な山崎の意見を尊重してとっておいたのだ。あいつは昨日走っている途中でポケットから六百円を落とし、百円しか回収できなかった。よりによってサイズも金額もでかい五百円玉の方を失ったのだ。相変わらず裏切らない。

大通りから少しそれた、細い路地にある煙草の自販機の前で、オレはいつもの銘柄があることを確認して財布を取り出す。そして小銭を取ろうと財布を覗《のぞ》き込んだ瞬間、建物の陰から飛び出してきた男のタックルをもろに受けることになってしまった。なんでだよ!!

「てめぇ!!」

地面に倒れこんだおかげで、財布の小銭が一帯にばら撒《ま》かれた。だがサングラスにマスクにキャップというういでたちの、ちょっと小太りの男は、財布や金には一切目もくれず、オレの股間あたりのジーンズをまさぐった。そっちか!?

「おいお前!」

妙な焦りを感じつつ、オレはそいつの顔を見やって、かぶっているキャップに目がいった。どこかで見たイルカのマークに、記憶が一致する。

「お前っ、イルカ急便か⁉」

そうオレが言い終わるのと、イルカ急便男がオレのジーンズのポケットから魚の煙草を奪い取るのとがほぼ同時だった。ていうかマスクとサングラスしてるのに、キャップだけそのままって詰めが甘すぎないか。ゼッケンのついた体操服着て万引きしてるようなもんだぞ。そんなことを考えている間に、男は躊躇《ちゅうちょ》することなくその煙草の一本を取り出して咥えた。

「ちょっと待て！ それはっ」

なんだこの展開！ オレは頭の処理が追いつかないまま、男から煙草を奪い返そうしたけれど間に合わなかった。あっという間に煙草に火がつけられ、男の口から紫煙が吐き出される。

「お前っ、ちょ、知らねぇからな！」

オレの言葉など聞こえないように、男は一心不乱に煙草を吸った。そしてサングラスを外し、祈るような眼差しで辺りを見回している。そして、不意にその視点が定まった。山崎の時と同じだ。オレは長いため息をつく。なんでこうなる。犠牲者はオレと山崎の二人で充分だったはずなのに。

「見える……」

男の声は震えていた。そらそうだな。普通驚く。

「魚が見える！」

「……あのー」

別にオレが悪いわけじゃないが、事情を知る者として一応気遣った方がいいのかと気まずく切り出した。

「その煙草吸うとさぁ、」

「やったー!!」

オレは開いた口をふさげないまま、万歳する男を眺めていた。やったぁ？　何が？　そこまでアタマおかしくなったのか？

「見える！　見えるぞ！　ミギマキに……コロダイ！　キンギョハナダイにソラスズメダイ、あああっタカノハダイもいる！」

「……もしもし？」

「うわぁカクレクマノミ!!　フエヤッコ！　コクテンフグも！」

ぽかん、という状態を、オレは味わっていた。煙草を強奪した男は、次々と空中を指差しながら、オレが聞いた事もない魚の名前を呪文のように次々と口にする。しかも信じられないことに、この状況を死ぬほど喜んでいるようだった。……なんで？

呆気にとられているオレにふと目を留め、男は涙目になって近づいてくる。そしてがっちりオレの両手を握った。

「ありがとうございます！　本当に、ありがとうございます!!」

こんなにも熱い礼を言われたのは初めてかもしれない。

「……どう、いたしまして」

とりあえず礼を言われたことにそれだけを返して、オレは自分の腹の音を聞きながら、少年のように魚を見続ける男をぼんやりと眺めていた。


「ダイバー？」

会社近くのカフェに、今日はたまたま休みだった山崎を無理矢理叩き起こして呼び出し、イルカ急便男と三人で昼食を囲んでいた。

パスタランチとかをメインで置いているカジュアルダイニングをうたったカフェは、土曜日の今日、若い女性やカップルによって支配されている。そこに男三人は、冷房は効いてるはずなのに正直暑苦しい。

「そうなんです。元、なんですけどね」

イルカ急便男は東三国秀幸《ひがしみくにひでゆき》と名乗った。体積の大きいぽっちゃりとした体型だが、身長は高くなく、キャップを取ると若干髪の毛は薄い。その容貌からオレより年上だろうと思っていたら、二つも年下だった。妙に申し訳ない。

「耳の怪我で、もう潜れないんです。それでもあきらめきれなくて、何度も耳鼻科に通って……実は昨日も。それで、あなた方をお見かけしたんです。お一人が、出入りしてる会社の方だってすぐに気づきました」

記憶力にはちょっと自信があって、と言いながら、東三国は注文したアイスコーヒーに、ガムシロップとたっぷりのミルクを入れてかき回した。

「この煙草を吸ったら魚が見えるようになったんだっていう言葉を聞いたときは、身体が震えました。普通ならそんなわけないって信じないでしょうけど、僕にはそれしか望みが無かったんです」

「それで強奪」

「すいません、必死だったもので……」

素直に頭を下げる東三国に、オレはとりあえずタックル等は不問にすることにする。大した怪我もなかったし。それにしても、まさか魚が見えるようになることを狙って来る奴がいるとは思わなかった。

「でもさぁ、よっぽど好きなんだね。そんなに魚が見たいなんて」

目の前のハンバーグランチごはん大盛りをほとんど片付けて、山崎が無邪気に訊いた。オレ的には、起床後二十分弱で大盛りのこれをペロッと平らげるお前もよっぽど不思議だ。山崎の質問に、東三国はパッと顔を輝かせて、店内を泳ぎまわる魚たちに目をやった。

「海の中には空があるんです。ダイバーしか見れない空です。そこを、飛行船のように魚が泳ぐんです」

空か。

オレはいつか見たあのカメラマンの写真集を思い出していた。

「どこまでもどこまでも青い景色に、高層ビルのようにそびえる根（岩）。そこに群れる魚を見ながら泳ぐのは、人であることを忘れる一瞬でした」

その一瞬を思い出すようにうっとりと語る東三国に、山崎が感心した様に尋ねる。

「へぇー！　じゃあさ、魚の名前も詳しい？」

「まぁ、そこそこですが」

「教えてよ！　なんかいっぱい見えるのに全然わかんなくてさ」

おいコラ。何の親睦を深めてる。

オレはジンジャーポークとかいう小洒落《こじゃれ》た名前のランチ、要はしょうが焼き定食についてきた、まだほどけきらないお麩《ふ》の入った味噌汁《みそしる》をすすった。東三国の事情はわかった。わかったが、山崎お前までそっちに行くな。オレが寂しすぎる。

「藍、ちょっと触らして」

「断る」

「いいじゃん、ちょっとだけ。実は自分も見たいくせに」

そう言って、山崎はオレの肩に強引に手を置き、東三国にも同じように手を置かせた。

「ほら、景色変わったのわかる？」

山崎の問いかけに、東三国は目を見開いて店内を見渡した。

「わかります！　すごい、どうして」

「オレもよくわかんないんだけどさ、藍に触ると藍の見てる景色が見えるんだ。だからこの間だけ、オレたち三人はおんなじ景色を見てるってわけ。ちなみにさっき君に触った時は何も起こらなかったから、この現象が起きるのは藍に触った時だけみたいだね」

山崎はいともも簡単に説明をする。それだけを聞いて納得する奴がいるかよ、と思っていたら、東三国はなるほど、とか言って頷いた。納得すんな。

「天邪鬼な藍にぴったりの現象だよね。孤高のオラオラキャラなのに、実は心細くて理解して欲しい、みたいな」

「馬鹿にしてんのかてめぇは」

オレは苦々しく付け合わせのインゲン豆を嚙《か》み潰した。言ったのが山崎でなきゃ張り倒してやるところだ。

本当にわからない事だらけで、ノイローゼ気味に考えなければならないことが多いっつーのに、山崎は子どものようにあれこれといろんな魚を指差しては東三国に名前を尋ねていた。大らかなのか馬鹿なのかわからない。いや、馬鹿なんだけど。

「あれあれ、あの尻尾がブイサインのやつ」

「ああ、あれはクマザサハナムロです。沖縄の方言でグルクンとも言います」

「から揚げにするとうまいやつだよね？」

「そうです」

山崎のマヌケな質問に、東三国は笑って頷いた。

「おい、もういいだろ」

さっきから男二人がオレの肩に手を置いて、空中を見上げながらあれこれと会話してるのを、昼時で込み合った店内の客がかなり不審な目で見ている。そら不審だろう。

オレだってそう思う。

「あー、じゃあああと一種類！」

そう山崎が言い終わらないうちに、不意にオレたちの座る席のちょうど反対側の、壁、一面の色が変わった。視界の端で捉えた異変に目を向けると、すでにその群れは目前まで迫っていた。

「なっ……んだこれ!!」

あまりの大群とその勢いに、オレは思わずテーブルに伏せる。昨日見た、あの小魚の群れの比じゃない。それぞれの個体が一メートルはある、大きなエイの群れだ。巨大というほどの大きさではないが、とにかくその数が半端ではない。

「マダラトビエイ……！」

東三国がつぶやくように言ったのを、オレはかろうじて聞いた。

何百という数のマダラトビエイは、まるで滑空するようにスピードに乗って店内を横断した。オレたちはちょうど、その群れの通り道にいることになる。すぐ傍というより、むしろオレたちの身体を通り抜けて、マダラトビエイは羽ばたいて進んでいく。鳥のくちばしのように尖った口先と、鞭のように長い尾。

「すげぇ……」

山崎がつぶやいた。通常のダイビングでさえ見られない光景だろう。まるで、海の一部になったような感覚。３Ｄの映画を範囲制限なしで見せられているようだった。三角形の翼が起こす風圧を、確かに感じてしまいそうになるくらい。次から次へと迫ってくる背中の水玉模様に、軽い眩暈がするほど。そしてエイが過ぎ去った直後、今度はキラキラ光る小魚の群れが天井から降ってきて、オレたちを貫いた。まるで星空が落ちてきたような、小さな光の矢に射抜かれる。その時オレは、死ぬほど不本意ながら、綺麗だと思ってしまった。たぶんあの煙草を吸わなかったら、オレが一生見ることのない景色だったかもしれない。

時間にしたら一分ほどの出来事だったと思う。再び平穏な景色を取り戻したオレたちは、知らない間に止めてしまっていた息をゆるゆると吐き出した。そして気づく。東三国が、泣いていた。

「まさか、もう一度こんな景色が見れるなんて……」

あの景色を海という空で見てきた東三国は、そう言って肩を震わせ嗚咽《おえつ》を堪えた。

ずっと考えていた。この煙草の存在する意味。オレの日常を一瞬でぶち壊した迷惑な一服。でも、こんな風に泣く人がいるなら、この煙草が存在する意味も少しはあるような気がする。オレはなんとなくそんな神妙な気分になって、味噌汁を飲んだ。やべぇな、ちょっとキタ。ダイバーの気持ちなんて考えたこともないけど、素直に泣いている東三国の気持ちは、ほんの少しだけわかる気がした。……わかる気がするけど、ちょっと待てオレ。鼻をすすりながらふと我に返る。わかったところで、オレはやっぱりこの魚からは解放されたいわけで。ジレンマ。いや、はがゆさ？

オレはメンソールの吸いなれた煙草を咥えつつ、魚の煙草のパッケージをしげしげと眺めた。読めない外国の文字。見慣れたアルファベットでもない。誰が給湯室に置いたともわからないもの。オレはせめて生産地だけでもわかったらなぁとか思いつつ、東三国にマジでもらい泣きして、それでもデザートの白玉を頬張っている山崎をぼんやり眺めていた。泣くか食うかどっちかにしろ。

五

翌日の日曜、オレは山崎と一緒に高架下に立ち並ぶ怪しげな店の周りをうろついていた。東三国は幸せかもしれないが、仕事に支障が出るオレにとっては、この現状からは早く脱出したい。高架下には外国の煙草や雑貨を扱う店が多くあった。中には合法か非合法かギリギリのいかがわしいクスリを置いているところもある。そういう店でなら、この煙草の正体もわかるかもしれない。昨日会社を出るまで社内メールをチェックし続けたが、誰からも返信はなく、一体誰が持ち込んだのかわからないままだ。

「でもさー、なんかさー、ヒガシ見てるとオレもこのままでいいかなぁなんて思っちゃうよねー」

店先に並べられた怪しい木彫りの人形を眺めながら、山崎がぼそりとつぶやいた。彼は今朝、乗ろうと思った自転車のハンドルが盗まれていることに気づいてへこんでいる。よりによってハンドルだ。サドルとかではない。どう頑張っても乗れねぇっつの。さすがだな。

「なんとかカサゴに刺されるって言ってたの誰だよ」

オレはサンダルの底を引きずるようにして歩いた。かくいうオレも、さっき携帯の充電が切れた。昨日充電し忘れたオレの責任なのだが、山崎といるとアンラッキーが感染《うつ》ったのかと少し不安になる。

魚たちは今日も元気にオレの視界をさえぎっていた。どうせなら東三国を連れてきて、魚の解説をさせればよかった。赤くてでかい魚がオレの前をゆっくり横切り、その先にいた群れた小魚が一瞬サッと散って、またすぐに群れを形成する。

ここ数日でわかったのだが、オレはこういう野生の生き物があまり好きじゃない。

なんだか妙に、生々しい。美しいと思う瞬間は確かにある。けれどそれが持続しない。ジンベエザメを見たときも、でかいとかすげえとかそんな単調な感情しか湧かなかったし、それ以上の感動はなかった。まぁ迷惑な現象なんだから当然といえば当然か。

けれど、なんとかフグだのなんとかヤッコだのと、東三国から魚を教えてもらって楽しそうにしている山崎を見ていると、オレが欠陥人間なのかともちょっと思う。いや、んなわけない。そんなことがあってたまるか。オレは目の前をちらついた小魚を避けるように手で払った。実際はただ手が魚の身体を通り抜けるだけなのだが、要は気分だ。オレは早く平穏な毎日を取り戻して、無事に仕事がしたい。それが異常であってたまるか。普通だ、普通。それでいい。

高架下は雑然とした店で溢れている。中古のテレビやギター、その他よくわからないガラクタを売っている店もあれば、どっかの民族の楽器や、仏教だか密教だかに傾倒した独鈷《とっこ》や宗教画を売っているところもある。誰が買うんだと不思議になるものの、買う奴がいるから営業できるんだろう。オレは薄汚れたタイルの通路を歩きながら両脇の店を覗き見、一番奥まった場所にある店の前で足を止めた。

アジア系の雑貨を扱う店に行くと、よく漂っているお香の香りが鼻をつく。確か白《びゃく》檀《だん》とかいう種類のお香だったと思う。店の中は、壁も床も、ディスプレイ用のテープルにかけられたクロスも全てが赤茶色だ。一体なんのポリシーなんだか。そこに雑然と積み上げられた外国のCD。木彫りのカエル。羽の生えた猫の人形。蛇型の杖《つえ》。アンティークと銘打ってはいるが、あきらかに中古品の銀食器。やたらでかいガネーシャの像。売り物か飾りかわからない布の数々。オレは一通り見渡して短く息をついた。この店にポリシーを求めたオレが馬鹿だったのかも、とかひそかに反省する。しかしそのごちゃごちゃとした商品の中で、オレはブリキの缶に無造作に詰められた様々な種類の外国製の煙草を発見した。やっぱオレ天才。

「山崎！」

他の店の前で、なんだか見たこともない笛っぽい楽器を勧められている山崎を手招き、オレはそのブリキ缶の中をあさった。ここであの魚の煙草が見つかれば、店の人にどこ産のものでなんの効用があるものかを聞けばいい。それがわかれば、おのずと治療法だってわかるはずだ。願わくば、もうあの精神科には行かなくてすむような。なんてことを思って、オレはあの看護師を思い出して身震いした。トラウマだ。もう絶対にあのホラースポットには近づくまい。

「お兄さん、煙草探してはんの？」

ブリキ缶をあさっていたオレに、店の奥から出てきた店員が声をかけた。テレビでよく聞く関西弁に顔を上げると、背の高い黒人が白い歯を見せながら笑っていた。ある意味無国籍地帯のここで外国人が店員をしているのは珍しくない。それにしたって、話し方と姿にギャップありすぎだろーが。

店員は、アフリカ地方独特のワンピースのような民族衣装に、鮮やかな刺繍《ししゅう》が入ったつばのない帽子をかぶっている。オレは一瞬後退しかけた足を戻して、言葉を探した。

「あー、この魚のパッケージの煙草ある？」

オレはポケットから取り出した煙草を店員に見せた。店員はそれを一目見るなり、にやりと笑った。笑って、肘でオレの肩の辺りを突付いてくる。

「いややわぁお兄さん、まだ若いのにこんなんいらんでしょ」

何が？　オレは怪訝な顔をしてみる。意味がわからない。

「それとも毎晩忙しいいん？　元気やなぁ」

店員は声をひそめ、にやりと笑って言う。オレは三秒くらい考えてから、

「えっ、コレってそういうの!?」

というなんとも普通な反応をした。情けねぇ。視界の端に、さっきとは違う店で、なんだか見たこともない法具のようなものを勧められている山崎の姿が目に入ったが、

いちいちかまうのも面倒なのでとりあえず無視する。何やってんだあいつは。店員はニヤニヤと笑ったまま、ブリキ缶の一番奥のほうから、同じパッケージの煙草を取り出した。

「安くしとくわ。五千円でどない？」

「高っ!!」

じゃなくて。

オレは自分を落ち着かせるように咳払いをして、店員が出した煙草と、自分の持っている煙草をテーブルの上に並べ、パッケージを念入りに見比べた。そうそう、目的はこれだ。オレは隅から隅まで丹念に見回す。魚の絵も、書いている文字も全て同じもののようだ。間違いない。

「これって、どこの煙草だかわかる？」

製造元を突き止めれば、どんな成分が入っているとか、もしかしたらわかるかもしれない。ていうか、こんなアブナイ精力剤まがいを世に出してはいかん！　というオレの中の正義が言う。……おかしいな。煙草を吸ってからそんな傾向は全っ然見られなかったが。……いやいや、残念がってる場合じゃねぇな。

オレの問いかけに、店員は眉をひそめながら答える。

「仕入れは店長の仕事やしなぁ。よう知らんねん」

そう言いながら、店員はオレの持ってきた煙草を一本取り出した。

「ただ効能は有名やで。若けりゃ一晩は余裕で持つわ」

「え、そ、そんなに？」

さらっと言う店員に、思わず食いつくオレ。……食いつくなー！

「……あれ？」

オレが自分自身と戦っている間に、店員は煙草の巻紙をチェックしながらふと首をかしげた。

「おにいさん、これ中身ちゃうわ」

「中身？」

問い返すオレに、店員は店にあった方の煙草の封をといて中身を取り出した。えーと一応売り物ですよねー、とかいう忠告はとりあえず飲み込む。無国籍地帯に無法の店があろうと、オレの知ったこっちゃねぇ。

「ほら。本物は吸い口の紙が茶色いねん。おまけに縁に魚のマーク入ってるやろ？これはな、魚は眠らへん、イコール夜は寝られへんくらいすごいことになりまっせっていう商品の証や。でもおにいさんが持ってんのは、全体が真っ白。魚のマークもあれへん。ニセモンですわ」

二本を比べられて、違いは一目瞭然だった。確かに新しく封をといて取り出した方は、フィルター部分の巻紙が茶色いし魚のマークもある。オレが吸ったのとはまったく違うものだった。

「でも、外装のビニールからオレが開けたんだぞ？」

そう、確かに封をこの手でといた。中身を入れ替えていたとしたら、破けていたり、何らかの印が残るはずだ。だがそんな意見は、店員にあっさりと否定された。

「んなもんいっくらでも包装できますー。中身だけクスリに替えてっていう流通の仕方もあるくらいやし。なんなら、包装グッズ見せましょか？　巻紙もありまっせ。シールもうまいことはがせるんですわ。こないだもこのセット売れたし、珍しいことちゃうねんで」

そう言われて、オレの背中を嫌な汗が滑っていった。ということは、この煙草は誰かが中身を入れ替えて置いていたもの、という可能性が高くなる。そんなことってアリか⁉　よりによってあの会社の給湯室に。しかもオレが吸った煙草の正体は依然不明のままだ。一体この煙草は何なんだよ！

「あのさ」

オレはすがるように店員の腕を捕まえた。なんだかとんでもないことに巻き込まれているような気がしてきた。もしこの煙草がそういうクスリだったとして。誰かが意図してあそこに置いたとして。例えばそれが受け渡しのためだったとか、単に混乱目的だったとか。いろいろ想像は尽きることがない。やばい、これはマジでやばい気がする。

「あんたクスリとか詳しい？」

「……多少はな」

「この煙草吸ってから魚が見えるんだよ」

オレの告白に、店員はそのでかい目でオレをじっと眺めた後、一言だけつぶやいた。

「それって、青魚？」

「……関係ねぇだろ！」

「オレ青魚苦手やねん。キラキラ感がキモイ」

「だからそこに食いつかなくていいから！　絶対この煙草のせいなんだよ！　オレだけじゃない、あと二人同じ症状に悩まされてる」

正確にはあと一人か。東三国はこの煙草のおかげで毎日がパラダイスだ。

「あんたがわかんないなら、詳しい知り合い紹介してくれ。いるだろ、一人や二人！」

「あー、おることはおるけど……」

　腕を組んで考え込みながら、店員はちらりと封を開けてしまった新しい煙草に目をやった。

「おにいさんに見せるために、あれ開けてもうたしなぁ」

　なんだこの厚かましい商売根性。オレは尻のポケットに入っている財布に触れた。給料日までまだ日がある。決してゆとりのある生活をしているわけではないが、背に腹は変えられない。

「……わかったよ。五千円払えばいいんだろ」

「一万円」

　間髪いれずの訂正に、今度はぶちギレる。

「さっき五千円っつっただろ！」

「言うたっけ？　聞き間違いちゃう？　一万円やで。値札あれへんし、五千円っていう証拠もないやん？」

「てっめぇ！」

「嫌やったらええんやで。まぁこれ買い取ってもろたら、クスリに詳しいその道のプロ紹介すんねんけど。しかもこれ、それなりの効き目あるオクスリやしなぁ。損なハナシとちゃうねんけどなぁ」

店員の言葉の、最後の方に心を打ち抜かれたオレは、財布から福沢諭吉《ふくざわゆきち》を抜き取って手渡した。しかもちょっとだけウキウキしてしまったあたりに激しく自己嫌悪だ。

店員は素早く一万円を回収すると、おおきに、と言って笑った。

「向かいの国道渡って北に歩いたら映画館あるやろ？　その隣のゲームセンターの裏で、夕方六時くらいに月刊輪廻転生《りんねてんせい》持って立っとき。そしたら向こうから寄ってきてくれるわ」

少しだけオレに近づき、店員は声をひそめて早口にそう告げた。その中の聞きなれない言葉にオレは眉をひそめる。

「月刊輪廻転生ってなんだよ？」

「これ」

店員は店内のラックから一冊の雑誌を抜き取る。表紙は、紫の布で目以外の部分を覆った占い師らしき人が、おごそかにタロットカードを並べている写真だった。そこに赤い行書体で、月刊輪廻転生とでかでかと書かれてある。読みたくねぇ。怪しすぎる。

「……これが目印になるわけだな」

嫌々受け取ろうとしたオレに、店員はさっと雑誌を引っ込めて、代わりに空いている左手を差し出した。

「千円」

「金とるのかよ！」

「当たり前やん、売り物やで！　ちなみに、これがないと絶対寄ってきよらんしな」

「てっめぇ!!」

関西人を超えた黒人だ。オレは歯が鳴るほど奥歯を噛み締めながら、それでもしぶしぶ財布から千円札を抜き取った。

「まいどおおきに！」

オレが手渡す前にその千円を奪い取った店員は、紙袋の中に月刊輪廻転生と封を開けた煙草を入れると、素早くオレに手渡した。絶対返品させねぇ気だな。そんな勇気もないけど！

「あ、言い忘れてたけど」

店を出る直前になって、店員はわざとらしく手を打って告げた。

「その煙草効果テキメンやけど、吸いすぎると下半身使いモンにならんくなるから気いつけや！」

「はぁ!?　使いもんにならないって……っ、」

叫んでみたものの、オレの目の前で激しい音をたてて店のシャッターが勢いよく下ろされた。ちょっと待てどういうことだ！　なんかいろいろ返せ！　オレの夢とか希望とか！

「ごめん藍！　なんか手がかり見つかった？」

呆気《あっけ》にとられるオレの前に、なんだか見たこともない笛と法具をまんまと買わされた山崎が現れ、オレは余計に脱力した。

夕方までの時間を映画館近くのカフェで潰していると、山崎がコーヒーと一緒に注文したレーズンパイにレーズンが一粒も入っていなかった。正確には小指の先ほどのかけらは混入していたが。

「たまーに人生が嫌になるよね……」

暗い影を背負いながら山崎は自嘲気味に笑っていた。たまになのか。オレならそんなアンラッキー生活、毎日嫌になるけどな。

「もう一個頼めば？　レーズンパイ」

「それはなんか負けた気がする！」

「何に？」

「……じ、人生に？」

山崎はレーズンの入ってないレーズンパイの最後のひとくちを、コーヒーで飲み下した。レーズンパイごときでは人生に負けねぇだろ。

オレはさっきの店で買わされた月刊輪廻転生を紙袋から取り出した。表紙には、驚愕の的中率！　マダム美紀子《みきこ》が占うアナタの前世！　とか、実録！　私は白蛇の生まれ変わり！　とか、怪しげな見出しが躍っている。これに千円出したかと思うとマジで泣ける。

「何それ？」

山崎が身を乗り出して覗き込む。オレはしかめ面で雑誌を渡し、氷で薄まってきたアイスコーヒーをひとくち飲んだ。

「目印だと。それ持って立ってたら、その道に詳しい人と会えるんだってさー」

オレは半ば投げやりに答える。なんか信じていいのかもわからなくなってきた。もしかしてこれも嘘か？　紙袋の中の煙草にちらりと目をやる。あのクソ店員め。

「このマダム美紀子って有名な人？」

「知るかよ。だいたいその雑誌だって、売ってるとこ見たことねぇじゃん」

月刊輪廻転生って。輪廻転生を月刊で語られてたまるか。

その雑誌の中身をパラパラとめくっていた山崎は、ふとジーンズのポケットに手を当てて、携帯を取り出した。

「ヒガシからメールだ」

その言葉に、オレは頬杖をついていた手から顎が滑り落ちそうになる。いつの間にメアドの交換しやがったんだ。アンラッキーの星の下に生まれたくせに、人と仲良くなったり人脈築くのだけは得意だな。

「ヒ、ヒガシは何ってー?」

「今日はデバスズメダイの群れを見ました。とても綺麗で、一昨年行った沖縄の海を思い出しました、だって。楽しそうだね」

「そーね」

オレはアイスコーヒーのストローを咬みながら答える。すると山崎がぱっと顔を輝かせて、世紀の大発見をしたかのような口調で言った。

「オレらもダイバーになれば楽しいんじゃない⁉」

「なるの？　今から？」

冗談じゃねぇ。

半透明のこの魚にだってうっすら嫌悪感を抱いているというのに、これを実態で見るなんて想像しただけで吐き気がする。そんなリアルな物を見せつけられたら身が持たない。

「無理かなぁ」

「無理とかじゃなくて、ヤダ」

きっぱり言い切って、オレは店内の時計に目をやった。午後五時四十分。そろそろ移動した方がいいだろう。店のガラス越しに見える景色はまだまだ明るく、通りを歩く人は暑さに口元が緩んでいる。テレビでは連日、このところの記録的な猛暑を伝えていた。オレは外に出た時の気温差を思って顔をしかめる。避暑に行くとかいうセレブリティな暮らしをいつか送りてぇなぁ。

「行くか」

アイスコーヒーの残りを飲み干して、オレは席を立った。山崎が月刊輪廻転生と、高架下で買わされた笛と法具を持ってついて来る。ていうかお前、それなんに使うつもりなんだよ、という突っ込みはあえて入れないままだ。

自動ドアが開くなり、じっとりした熱い空気がぶつかってくる。途端に、いい感じに冷えていた体からじわりと汗がにじむのがわかった。オレは未《いま》だなお高い太陽を恨めしく見上げ、歩き出した。

シネコンからは、パンフレットを手にした人々が次々と吐き出され、入れ替わるようにカップルや親子連れが途切れることなく入っていく。最近何の映画が公開されたのかすら、忙殺されているオレはよく知らない。映画を予告する看板の前を泳ぐ、黄色と黒の阪神タイガースを思わせるような魚を眺めながら、オレはゲームセンターのある通りへ向かった。

繁華街の真っ只中《ただなか》にあるここは、映画までの時間を潰したり、ちょっとしたクレーンゲームを楽しんだりする格好の場所であると同時に、細い路地に面しているためか、やんちゃなガキどもがたむろしている場所でもある。ガキならガキらしくお日様の下で遊んで来い。入口にべったりと座り込む、いきがった中学生の背中に無言の念を送る。オレはもうオトナだから店内で涼みたい。結構正しいけど極論か？　オレと山崎はゲームセンターの裏へ回り込み、ゴミ袋が山積みになっている一角へ入り込んだ。暑さのせいで発酵した、ゴミの嫌なにおいが漂う。服や体ににおいが移りそうでイライラした。収集日の朝に出さんかい！　とか、主婦のようなことを思うオレ。

「この辺に持っとけばいい？」

月刊輪廻転生を胸のあたりに掲げた山崎が尋ねてくる。それじゃあモロだろ。

「小脇に抱えとけよ。恥ずかしいだろ、わりと」

裏通りとはいえ、この先の大通りへの抜け道になっているため、そう多くはないが人は通る。そこにマダム美紀子が表紙の雑誌を持って立つとかいう行為は、ある意味罰ゲームだ。山崎は思案するように首をかしげた後、ちょっと心配そうに口を開いた。

「でもさぁ、気づいてくんなかったらどうする？」

「気づくって。そういう人たちなのー。慣れてるのー」

「そうなの？」

純粋培養かお前は。いや、それともオレがすれただけか？　すぐ目の前を灰色の魚が横切って、オレは合わなくなった焦点に目をこすった。

その直後、通りの端のほうを歩いていた、でかいリュックサックを背負った女が、よろよろとよろけるように寄ってきたかと思うと、そのままの勢いで山崎にぶつかった。ぶつかったついでに、月刊輪廻転生を強引に奪い取る。いきなりタックルをかましてきた東三国を彷彿《ほうふつ》とさせて、オレはデジャブかと再び目をこすった。それとも新手の強盗か。当の山崎は、女の勢いに負けて早々と雑誌を手放してしまっていた。

「レアな雑誌持ってるね」

女はそう言って、にっと笑った。化粧っ気のない顔に、大きな目が猫科の動物を思わせるように光を帯びている。エクステンションなのか、細い三つ編みがいくつもぶら下がった頭にはカラフルなビーズも編みこまれていた。もう何日も洗っていないような、スウェット生地のジャージのパンツに、黒とオレンジの重ね着したキャミソール。汚いレゲエ風。そんな言葉がぴったりな格好だった。しかもそんな格好のせいか、若い女であることは間違いないが年齢が読めない。ゲーセンにたむろしているガキどもに混じっていればそんな風にも見えるし、オレたちと同世代だと言われればそんなようにも見える。レゲエ女は、月刊輪廻転生をぱらぱらとめくって、その動物のような瞳を山崎に向けた。

「ファンなの？　マダム美紀子の。サインもらってやろうか？」

「え、もらえるの？」

食いつくな山崎！

不毛な会話が始まりそうな予感に頭痛がする。オレはこめかみの辺りを押さえながら、山崎と女の間に割って入った。

「残念ながらファンでも信者でもねぇよ」

オレはレゲエ女から雑誌を取り返すと、逡巡《しゅんじゅん》してから再び山崎に持たせた。自分で持ちたくない。なんとなく。レゲエ女の目がきょろりと動いてオレを捉える。アイラインいらずのでかい目は、獲物を殺して糧にする肉食獣の目に似ていた。魚といいこいつといい、やっぱり苦手だ。生きることを意識せずに生きている目が。

「じゃあなんでそれ持ってんの？」

女は小首をかしげて面白そうに尋ねた。

「お前に関係ねぇだろ」

「関係ないかどうかはわかんないじゃん」

間髪いれずに返ってきた答え。先ほどの笑みとは違う、どこか艶《つや》っぽい微笑を作る瞳。それひとつで、受ける印象ががらりと変わった。汚いレゲエだと思っていた女が、急にしたたかな女の顔になる。

「言ってごらんよ、何が欲しい？」

そう言って、女は背中に背負っていた馬鹿でかいリュックサックを地面へと落とすように下ろした。薄汚れたキャンパス地のそれは、蓋の役目をするはずの布が閉まりきらないほどパンパンに膨れ上がっている。

「……もしかしてお前が？」

あのクソ店員の言っていたその道のプロか？　オレが戸惑っている間に、その順応性でもって山崎が早々と女に話しかけた。つーか無邪気すぎるし。

「行商人？」

「近いね」

「物々交換とかできる？」

「モノによるけど？」

おいコラ。オレを置いていくな。山崎は高架下で買わされた笛と法具を女に見せている。やっぱいらなかったんだ。

「この笛、まさか吹いたりしてないよね？」

リユックサックの脇にしゃがみこんで、女は品定めを始めた。

「オレがバイ菌みたいに言わないでよ」

「違う、逆。この笛、儀式に使われるものなんだよ。吹き口に、気持ちよ〜くなるオクスリが塗られてる場合が多いからね」

「そうなの!?」

「気持ちよくなるくらいならいいけど、この世に還って来れない種類の物もあるから気をつけた方がいいよ」

にっこり笑う女のセリフに、山崎の顔が凍りついた。どこまで真に受けてやがる。

「それからこの法具、輪法《りんぽう》だね。いくらで買ったか知らないけど、あんまりいいものじゃないよ」

ため息混じりにそういうと、女はリュックサックの中に右手を突っ込んでかき回し、結構な力を込めて何かを引っ張り出した。

「その二つと、このカメラだったら交換してやるけど？」

差し出されたのは、一眼レフでもデジカメでもない、普通の雑貨屋に売られていそうな白のトイカメラだった。

「三十五ミリフィルムの魚眼レンズ。フラッシュ内蔵で電池入り。おまけにフィルムも新品が入ってる」

「すっげぇ！　いいのぉ!?」

山崎は二つ返事で飛びついた。そりゃなぁ、笛やら法具やらよりは使い道がありそうだ。でもいくらであのガラクタを買ったのか知らねぇが、たぶんトータルで損してると思うぞ、お前。オレはジーンズのポケットに両手を突っ込んだまま、その商談の成り行きを見守っていた。

「ほら藍、カメラ！」

まんまと物々交換に乗せられた山崎は、子どものような顔でオレを振り返る。子どものような、じゃねぇな。子どもだ、完全に。そして山崎は、そのままの勢いでとても自然にカメラをオレに手渡した。

「やるよ」

「は？」

反射的に受け取って、オレは思わず問い返した。どういう気前の良さだ。

「カメラマンなら何個持っててもいいだろ？」

「あのねぇ」

一眼レフとか、そんなのならともかく、魚眼レンズのトイカメラが商売道具になるか？　ていうか、カメラマンじゃねぇし。しがない制作マンだっつの。クリエイターと呼ばれるかどうかも怪しいのに。写真を続ければいいという山崎の言葉が、脳裏をかすめる。やめろよ。とっくになかったことにしたんだ。

今更蒸し返さないでくれ、あの想いを。

「くれるっていうんだから、もらっとけばいいじゃん」

リュックサックに笛と法具をしまいこみながら、女が口を挟んでくる。

「だからお前に関係ないだろ」

「関係ないかどうかはわかんないって、さっきも言ったよね？」

大きな目が、またオレを捉えた。

「あんたは何が欲しいの？」

気にくわない微笑だ。オレは憮然《ぶぜん》としてその視線を受け止める。こっちの心の内を、全て見透かすように笑いやがる。一体こいつ何者だ。こんなでかいリュックを背負って、笛や法具で今どき物々交換するなんて、絶対まともな奴じゃない。

「……クスリに詳しい奴を探してる」

それだけ言うと、女が興味深げに眉を上げた。

「ある店で、ここに来れば詳しい奴に会えるって訊いた」

「あの雑誌を持って行けって？」

「そうだ」

「関西弁の黒人に？」

そうだ、と返事をしかけて、オレは思わず言葉を詰まらせる。なんで知ってやがる。オレの反応を見やって、女は小首をかしげて笑った。

「それなら探し人はあたしだね」

怪しい光を帯びる瞳。狂気すら宿しそうなその双眸《そうぼう》に一瞬気圧《けお》されて、オレは視線を逸らした。そして確認するようにジーンズのポケットを探る。

「この煙草を知ってるか？」

オレが見せた魚の煙草をしゃがみこんだまま覗き込むようにして眺め、女はオレの顔をまじまじと見た。

「それが必要な歳じゃないでしょ。それとも自信がない？」

「そうじゃなくて！」

目一杯否定して、オレは女の前にしゃがみこむ。それでも、女がこの煙草が何なのか知っていることだけはわかった。その道に詳しいっていうのも、まんざら嘘ってわけでもなさそうだ。

「これがオレたちの吸った煙草。こっちが本物。どうやら中身を誰かがすり替えてたらしくて、おかげでこの煙草吸ってからずっと魚が見える」

女はそのでかい目でじっとオレを見たあと、一言だけつぶやいた。

「それって、淡水魚？」

「関係ねぇだろ！」

「あたし淡水魚苦手でさ。色味のない魚？　フナとか？　意味わかんない」

「だからそこに食いつかなくていいって！　どいつもこいつも!!」

青魚かどうか訊いて来た店員のデジャブか！　オレはこめかみの辺りを押さえつつ、呼吸を整えて尋ねる。

「魚が見えるクスリが何なのか知らないか？　オレが知りたいのは、四六時中視界を泳ぎまわるこの魚たちの消し方だ」

その言葉に、女はふうんとつぶやいて、少し思案したあとリュックをあさった。

「じゃあこれかな」

出てきたのは、茶色い紙袋だった。

「何それ？」

興味津々といった感じで、山崎が紙袋を手渡されたオレの手元を覗き込む。指先でつまむようにして紙袋を開けてみると、中には干し椎茸のような干からびたキノコが入っていた。

「何これ？」

オレは念のために訊いた。

「幻影キノコ。小人とか見えるらしいよ」

女はさらっと答える。えーと、あなたはアホですか？

「すごい！　小人見えんの!?」

「話聞いてたか？　魚を消す方法が知りたいんだよ！　さらに小人まで増やしてたまるか！」

山崎の言葉にかぶせて、オレは言い放った。ていうか山崎、食いつくな。突っ込むのも面倒くさい。

「あー、じゃあこっちもつけるから」

女は少し逡巡して、新たな紙袋をオレに手渡した。

「……これは？」

嫌な予感がする。手に持った感触がキノコと一緒だ。

「幻覚サボテン。妖精とか見えるらしいよ」

「妖精が⁉」

だから食いつくな山崎！

「あのなぁ！」

オレはキノコもサボテンも突き返して、語気を強める。

「からかってんのか？」

「いたずらでこんな商売できるほど世の中優しくないよ」

女は早口にそう言って、また見透かすような微笑を口元に乗せる。

「勘違いしてんのはおにいさんの方。あたしはその道のプロ。クスリのことなら確かに詳しいよ。幻覚や幻聴から始まって、臨死体験なんかができるっていう怪しいやつも知ってる。その魚が見えるクスリがどんなものかは知らないけど、依存性があるならともかく、それがない上に自分で消したいって願ってるんだったら行くのは病院だね。心療内科か神経科。どっちにしろ、あたしの専門外」

見透かすような、じゃない。見透かされていた。オレは真っ直ぐに向けられる目から逃れられなくて、ロックオンされた獲物のように固まっていた。女の言うことはいちいち正論だった。確かにそうだ。こいつが言うとおりその道のプロだったとしても、治療となると役目がちがう。仮にこの女があのクスリが何だったのかを知っていたとしても。

「藍、警察がくる」

山崎が小声で告げた。振り返ると、大通りの方から二人の警察官が近づいて来ていた。やんちゃなガキどもがうろつくおかげで、休日は見回りをしているパターンが多い。正体のわからない煙草に加えて、キノコやらサボテンやらがある今、見つかればちょっと厄介なことになりかねない。

「魚以外のものが見たくなったら、いつでも呼んでよ」

そう言うが早いか、女はでかいリュックをひょいと背負い、脱兎《だっと》のごとく駆け出していった。早っ！　あいつマジで何者だよ。

「こっち！」

山崎に腕をつかまれ、オレは引きずられるように走った。警察から逃げなきゃとか、そんなことより、結局この魚を消す方法すらわからなかったことに胸が沈んでいた。一体これ以上どうしろと。やっぱ心療内科やら神経科やらに行くしか方法はないのか。走るオレたちを横目に、隊列を組んだような青銀の魚の群れが通り過ぎた。


山崎と別れて家にたどり着くと、もう午後七時を回っていた。だがまだ一向に気温は下がらず、じっとりと暑い空気が辺りを支配している。夏の間は陽が長くなるせいか、少し時間の感覚が狂うような気がする。今夜も熱帯夜なんだろうなとか思いながら、オレは首もとの汗を拭い、タイルがはがれたエントランスの階段をあがる。

山崎のアパートから程近い賃貸マンションは、築二十年の１ＤＫで月七万。のらりくらり生きていたオレにぶち切れた親が、強制的にオレを追い出して以来の住処《すみか》だ。Lのある暮らしがしてぇと思うものの、家賃と職場からの距離を考えるとこの辺が限界だった。

オレは階段の踊り場に集まっていた金色の小魚の群れを無視して歩き、ジーンズのポケットから部屋の鍵を探し出した。左手には本物の魚の煙草が入った紙袋と、トイカメラのストラップをひっかけたままだ。山崎は頑としてオレにやるといって譲らなかった。あいつカメラは一種類しかないとでも思ってんじゃねぇか。こんなおもちゃのカメラでどうしろっていうんだ。

オレは自室のドアの前でため息をつく。鍵穴の前に堂々とでかいナポレオンがいる。触れないとわかっていても、どかしてから鍵を差したい。気分の問題だけど。今日は一日中魚を消す方法を探して歩き回り、関西弁の黒人やらレゲエ女やらにさんざん振り回されたあげく、なんの収穫もないままの帰宅だ。ようやくの我が家だっていうのに、なんでここでも魚に邪魔されにゃならんのだ。オレはもう一度でかいため息をつく。その吐息から逃れるように、ナポレオンが移動した。嫌味なやつだな。

だが差し込んだ鍵穴に、いつもの手ごたえはなかった。まさか鍵かけ忘れたか？　それか空き巣か。……マジで？　山崎のアンラッキーはたまに伝染する。空気感染とか言う噂もあるくらいだ。

「お・か・え・り」

恐る恐るドアを開けると、華奢《きゃしゃ》な肩を露出するブランド物の黒のワンピースを着た涼子《りょうこ》が、腕を組み憮然とした顔で仁王立ちしていた。一言ずつ区切られた言葉に若干の棘《とげ》がある。だいたい殊勝に迎えに出てくるような奴ではない。オレの部屋の合鍵を唯一持っている女、五歳年下のカノジョ。その姿に、オレは背中を嫌な汗がつたっていくのを感じる。ちょっと待て、よく考えろ、今日は何曜日だ。

「……仕事は？」

かろうじてそれだけを尋ねた。今日は日曜日、日曜日のはずだ。ネイルサロンでバイトしている涼子は、仕事のはずではなかったか。

「今日は休み。休みとったの！　午前中に雑誌の仕事が入ったから！　だから午後から藍に会いに行こうと思って来たのに」

ブランドのロゴをかたどったピアスが耳元で揺れた。ネイルサロンのバイトの他に、涼子はファッション雑誌の読者モデルも兼任している。おかげでバイト先には涼子にあこがれる読者がやってくるそうだ。手近なスターなんだろうな。オレもよく見るファッション雑誌に涼子が載っているのを見たときはテンションあがったし。いやいや、今はそんなことどうでもよくて！

「どこ行ってたの？　携帯にも出ないで」

もともとの整った顔立ちに、目元を際立たせるメイクをした涼子は、あからさまに不機嫌だった。ていうか、会う約束した覚えないんですけど。昨夜電話に出なかったのは誰でしたっけ、とかいう言葉は飲み込んでおく。年下の彼女のわがままを聞くオレ。オトナ。

「悪い、携帯の電池切れたんだよ。昨日充電すんの忘れてて」

オレは証拠といわんばかりに、液晶が真っ暗な携帯を手渡して靴を脱ぐ。涼子はふうんと不満そうにつぶやいて、しばらく携帯をいじっていたが、本当に電池が切れていたらしいことを確認すると、飽きたようにテーブルの上へ放り出した。

オレは冷蔵庫からビールを取り出してプルタブを開ける。相変わらず冷蔵庫の中はビールとマヨネーズしかはいってない。シンプルイズベスト。ベストか？　でも、普段からあのダーマトに弄ばれる職場で、日付が変わるぎりぎりまで働いて帰ってくるオレに、料理をするなんていう選択肢は残っていない。シンクには昨日の夜使ったコップがそのままになっていた。

「いつからいたのー？」

当然ながら、夕飯もつまみもない。コンビニにでも寄ってくれば良かったと、ちょっと後悔する。

「お昼からずぅうーっと」

涼子はベッドに寝転がったままエアコンのリモコンをいじっていた。ずっとつけっぱなしだったらしいテレビからは、お笑い番組が流れている。

「ていうかさー、」

涼子は鮮やかに飾られた自分の爪を眺めながら切り出した。彼女はその爪を維持するために料理も掃除もしない。左の薬指には、誕生日にオレが買ってやった、正確にはせがまれて買わされたんだが、高級ブランドのプラチナリングがはまっている。おかげでオレは次の給料日まで一個八十八円のカップラーメンで過ごすことになった。いいけどね別に。

「最近メールも電話も超減ったし、さみしいんですけど」

それはお互い様だろ、と思いつつオレはビールを飲み込んだ。

「昨日電話出なかったじゃん」

「だって何時にかけてきたかわかってる？　一時過ぎてたよ？　今日は朝から撮影だったし、睡眠不足でクマでもでたらどうすんのよ」

オレの存在は目の下のクマ以下か。ビールの苦さが際立って舌に残る。

「だから生活のリズムが違うんだし、しょうがないだろ」

「じゃあ藍がそのリズム合わせてよ」

おいおい。あまりにさらっと放たれた言葉に、オレはビールを吹き出しそうになる。

「あたしは早くバイト辞めて、モデル一本で食べていきたいの。そのための生活リズムは変えられないもん」

「お前ねぇ」

ちょっとは自分も協力する、とかいう発想はかけらもないのか。いや、ない。こいつにはそんな謙虚な考えはない。モデルがしたい。そのために努力をしている。だからお前が合わせろ。なるほど、言い分はよくわかる。オレだってあんな変態ばっかりの職場、変われるものなら変わりたい。

でも。

オレはビールの炭酸に顔をしかめながら、ふとテーブルの上のトイカメラに目が留まった。

だからって他に何ができる？　目標なんか、ないくせに。

「……オレはさ、」

言いかけたところで、涼子の携帯が着信を知らせる最新のポップミュージックを奏で出し、彼女はオレを無視して電話に飛びついた。無視すんな！　今からいい話だったのに。

「もしもし？　あ、おはようございます！　おつかれさまでーす！」

その挨拶に、業界の人間からだと予想がつく。もう夜だぞ、夜。お日様はとっくに沈みましたけど？　何がオハヨウゴザイマスだ。昼夜逆転のニートか。と、心の内だけで悪態をつくオレ。所詮小心者の身勝手なヤキモチだ。

オレは関西弁の黒人から無理矢理買わされた、あの煙草を思い出した。今もトイカメラの脇に紙袋に入れたままおいてある。それから、電話している涼子に視線を滑らせた。使うか、今夜。密かなる男の決意。

「はーい、じゃあ今から向かいますねー」

オレがそんな些細《ささい》な決意をしている間に、涼子はそう言って電話を切った。聞き間違いでなければ、今から向かうとかなんとか言ってた気がするが。

「藍、じゃああたし行ってくるから」

「どこに!?」

帰ってきた彼氏は放置か!?

「今の電話メイクの小林さんからでね、タレントの写真集とか撮ってる有名なカメラマンと飲んでるから来ないかって。顔覚えてもらえたら、何かで呼んでもらえるかもしれないでしょ」

そう言って、涼子は鏡で少し髪を整えると、ブランドバッグを持って立ち上がった。

「じゃあね」

じゃあねって。

引き止める間もなく、涼子はオレの隣をすり抜けて玄関へ向かう。

「また電話してー」

電話して？　電話するじゃなくて？

「ちょっと待て、涼子！」

折れてしまいそうなほど細く高いヒールのサンダルを履いた涼子は、玄関先でちょうどオレと同じくらいの身長になって振り返る。

「せっかくオレが帰って来たのに、出て行くことなくねぇ⁉」

「自分だってあたしのこと放置してたくせに」

「だって来るとか聞いてねぇし！」

「あたしにだって予定があるの！　今からだってただ遊びに行くわけじゃなくて仕事につなげるために行くのよ？」

「どうせ業界人が集ってる飲み会に行くだけだろ」

「それが大事だって言ってるの！」

じゃあねっ！　と嫌味のように言い残すと、涼子は勢い良くドアを閉めて出て行った。なんだか機嫌を損ねてしまったが、まぁいつものことだ。あいつの機嫌は山の天気より変わりやすい。次に会うときには、何事もなかったような顔をしているだろう。オレは長いため息をついて、のっそりと部屋の中へと戻った。

涼子とは、営業の長堀が主催で開いた合コンで知り合った。読者モデルしてるんです、という彼女は、顔こそ抜群にかわいかったものの、ひと目見ただけで金のかかりそうな女だと思った。職業柄目は肥えているらしく、華奢な身体に身につけているものは全て最新の高級ブランド。肌は毛穴なんてものの存在を知らないかのように薄化粧を装ってメイクされ、長い睫《まつげ》と常に濡れているように光る唇。その時は純粋な憧れで近寄った。こんなに美人で、きちんと身なりに気を遣える女が彼女だったらと。

だが付き合ってみると、彼女は髪の毛からつま先までを常にベストコンディションに維持するための苦労は厭わないが、そのために平気で他人をないがしろにする。デートよりエステが優先で、化粧のノリが悪い日は外にも出ない。高校はちゃんと卒業して服飾の専門学校に行ったらしいが、普段の会話から察するに頭の中身は中学生レベルで止まっている。つい最近までリボ払いの意味すらわからずにカードを使っていた。メールを打つのは恐ろしく早いが、漢字は書けない。世間のニュースに関心はなく、オレの仕事すら興味を持たない。

当初はかみ合わない会話を面白がることもできたが、付き合い始めて半年がたつ今は、たまになんでこいつと付き合ってるのかわからなくなるときがある。かわいいし、モデルだし、ちょっとした自慢ができるし。……それだけか？　なんだよ、付き合って半年でもう飽きたのか。飽きっぽさにもほどがあるぞオレ！

オレは涼子の出て行った部屋で、お笑い番組を見ながらビールを三本空けた。飲まずにやってられるかっつーの。ゆっくりと泳いでいく白黒のシマシマの魚越しに、お笑い番組が流れ続けるテレビをぼんやりと眺め、こんな景色を眺めているオレを知ったら涼子はなんて言うだろうと考えた。考えたけれど、その先が想像できなくてやめた。そして、あいつにこんな視界になっていることを知らせようとも思わない自分に気づいた。だってこんな気持ち悪い事態になってるってわかって、嫌われたくないじゃん。お、そんな純粋な少年のようなことを思う自分がまだいたのかね。オレは酔いにまかせて少し笑いながら、ベッドへ倒れこんだ。

かすかに涼子のつけていた香水の匂いがする。

彼女のことが好きだった。嫌われたくなかった。その想いがあまりにも軽くて薄いことに、その時のオレは気づかないふりをして眠りについた。

六

　週明けの月曜日はいつだって気が重いが、今週は過去最大級だ。週末を彼女とではなく魚と過ごし、またあのサドとオタクとオカマのいる職場に行くのかと思うと、気分が日本海溝より深く沈むのは仕方ないだろう。鉛より重い身体を引きずって会社にたどり着くと、ちょうど森ノ宮女史が取材で不在だった。しかしそれと同時にオレのデスクの上に積み上げられた書類の束を見てげんなりする。ゲラのほとんどに森ノ宮女史からのダメ出しが青のダーマトで書き込まれていた。おまけに営業からの新規・修正依頼とともにてんこ盛りだ。嫌がらせか。

「なかつん、今日はモリリンが夕方まで帰れないから、その修正を終わらせろって言ってたわよ。あと、占いのページも。今日中に完版にしないと」

　そこでいったん言葉を切って、今宮は体に比例するようにでかい顔をオレの耳元に寄せて、低い声で囁いた。

「筋肉の名前を全身に書いて、全裸にしたまま廊下に繋《つな》いで放置してやるって」

　全身に鳥肌が走る。何のプレイだ！　上司が部下に言う言葉か！　でもあの人ならやりかねないと思わせるあたりがもうダメだ。オレはすぐさまデスクのパソコンを立ち上げた。

「ていうか校了まだ先なのに、なんで今日中⁉」

「校了日前にモリリンが有休とってるのよ。だから早めに仕上げて欲しいんじゃないかしら」

「校了日前に有休とるなよ！」

「アメリカに行くんですって。カリフォルニアとか言ってたかしら。いいわねぇ」

うっとりと言う今宮に、あえてカリフォルニアがボディビルの本場と言われ、ベニスビーチでは由緒ある大会が開かれているということは告げないでおく。絶対それ目当てだろ。今宮を採用したのは観賞用かもなぁ。オレはその想像に、なぜ自分はこの職場を選んだのかとちょっと悲しくなりながら、書類を種類別にさばいていく。そしてついでのように境界線を越えて進入しているフィギアのリリカを放り投げるように追い出した。すかさず鶴橋が反応して、リリカを胸に抱きしめながら、ネズミくらいだったら殺せそうな眼光を向けてくる。それにちょっとビビってしまったオレは、なんとか取り繕おうと言葉を探した。

「あれだ、ほら、……ちゃんと自分の陣地に入れといてやれよ。リリカがかわいそうだろ！」

言葉を発しないまま、鶴橋はリリカをレターボックスの上に座らせた。だいたいこっちは命がかかってんのに、リリカのことまで思いやれるか！　だいたい何のキャラクターだ。リリカ大丈夫？　とぼそぼそ話しかけている鶴橋を無視して、オレは書類の束を消化しにかかる。相変わらず浮遊する魚のせいで焦点が定まらないが、全裸放置宣言をされてやらないわけにはいくまい。

パソコンが立ち上がった直後に、社内メールをチェックしたが、人事からの給湯室の利用マナーを喚起するメール以外何も来ていなかった。できれば、給湯室でダーマトによる暴力行為は禁止するとかいうメールも配信してくれ。

ディズニーのアニメで見たような、オレンジと白の縞模《しまも》様《よう》の魚が泳いでいくのを眺め、その向こうに見えた時計が午後二時を指しているのを見て、オレは立ち上げていたグラフィックソフトを画面の隅に最小化した。占いのページは仕上がった。ゲラも出したし、今日中にチェックしてもらえれば完版にしていい。積まれていたゲラもほとんど修正して、営業からの依頼書も至急のマークがついたものから片付けた。そうだ、これがオレだ。仕事なんて集中すればできるもんだ。ちょっとした満足感を得ながら、オレは今宮が淹《い》れてくれたコーヒーを飲んだ。

「今月のうお座のアナタは、」

オレはゲラを眺めながら自分の星座の運勢を読み上げる。

「やりたいことが上手くいかずに、落ち込む日々が続きそう。時にはあきらめることも必要と、割り切ってみるのもひとつの手。……マジかよ」

そう断言されると、普段占いなんて信じていなくてもなんとなく不安になるのが人の性《さが》だ。オレは人の運勢を不吉に予言した占い師の名前を探して、自分が打ち込んだはずの文言を見直し思わず叫んだ。

「マダム美紀子⁉」

月刊輪廻転生のあいつだ。自分で作った原稿なのに、全然気づかなかった。単調に仕事してる証拠だが、それにしても嫌な偶然だ。

「あら、なかつん知り合いなの？」

何事かと不思議そうに寄ってきた今宮が尋ねる。

「知り合いになりたくねぇ一人だよ」

苦々しく言って、オレは席を立った。まさか自分の原稿でマダム美紀子に出会うとは。世の中は広いのか狭いのかわかんねぇな。

尾の付け根に白い模様がある黒い魚の群れを避けて、オレは灰皿を取りに給湯室へ向かった。そういや昼飯がまだだ。何か腹に入れておかないと夜まで持たない。オレはコンビニに行くかファーストフードでテイクアウトするかを考えながら、待ちきれず煙草を一本咥えた。火はつけない。要は口が寂しいんだな。ポケットには、いつも吸っている煙草の他に、魚の見える煙草が入ったままだ。家においておけばいいかと思うものの、なんとなく持ち歩いてしまっている。

給湯室へ向かう途中、通り道にあるエレベータがこの階で停止した。このフロアにはうちの会社しか入ってない。大方営業が帰ってきたんだろうと何気なく見やると、今どき三つ編おさげのビン底眼鏡といった昭和の、いや漫画のようないでたちの女がエレベータから吐き出されてきた。

「あ、どうも、お疲れ様ですー……」

どこかで見たことのある、魔女の格好をした少女のキャラクターがプリントされているピンクのTシャツに、赤いチェックのスカートの丈は足首まで。関係者を装った挨拶を小声でしやがったが、こんな同僚がいたら即日名前を覚えてやる。

「ちょっと待ってください」

オレは、オフィスへ続くガラス戸をあけようとしていた女を呼び止める。一応ちゃんとした客の可能性もあるので、待ちやがれ、とかいう言葉遣いはやめておく。無難だ。

「失礼ですけど、何の御用ですか？」

及第点の取れる質問だった。

「あ、ちょっと」

女は曖昧に答えてガラス戸を開けようとする。

「誰に御用ですか？」

「あ、いえ、大丈夫ですから」

「すいません、関係者以外は入れないんです」

「あ、じゃあ関係者です」

「じゃあってなんだよ！」

思わず突っ込んでしまい、オレはごまかすように軽く咳払いをする。

「誰か社内の者に御用でしたら、呼んできますので」

改めてそう言うと、女は観念したように肩を落とし、小さくため息をついた。ついたかと思えば、オレが油断した隙に強引にガラス戸を引き開けて半身を突っ込む。おい！　強行突破かよ！

「ちょっとあんた！　やめろって！」

「離してよ！　邪魔しないで！」

暴れる女を取り押さえ、なんとか廊下へと引きずり出す。なんなんだこの女。ていうか、一服しにきたはずのオレがなんでこんな目に！

「離してよ！　離して!!」

目一杯身体をよじってオレの手から逃れると、女は荒い息のままスカートのポケットに手を突っ込んだ。

「おとなしく通しなさい」

出てきたのはナイフだった。果物とかを切る用のアレだ。

「ちょ……お、落ち着け」

鋭く光る刃先に目を奪われる。嫌だ、嫌だぞ。刺されるのだけは絶対に。女と距離をとりながら、オレはどうしたものか考える。なんでこんなときに限って誰も通りからないんだ。やっぱり山崎の不幸連鎖菌に感染したに違いない。

「あたしを通して！」

「だから落ち着けって！　は、話し合おう！」

何を話し合うんだ何を！　ドラマのようなセリフを吐く自分をオレは心底呪った。

「あの人に会わせて！」

女はオレにナイフを向けたまま言う。その手は緊張のせいか、それとも固い決意のせいなのか、小刻みに揺れていた。

「だから、呼んでくるから、あんたの名前は⁉」

「名乗ったら余計に会ってくれないわよ！」

女はヒステリックに叫んだ。名乗ったら余計に会ってくれない関係ってなんだよ！

オレは両手を上げて無抵抗の意志を示したまま、もうこのままどうぞと通してやったほうがめんどくさくねぇかな、とか考える。非道だ。ちょっと反省。

「あの人に会わせて！　……会わせてよ……」

そのセリフに嗚咽が混じり、とうとう女は大声をあげて泣き出した。ナイフが手を離れ、乾いた音を立てて床に落ちる。オレは両手を上げたままそれを自分の方に向けて蹴り、拾い上げた。なんて物騒なもん持ち歩いてやがる。

「おい」

子どものように大声をあげて泣く女に呼びかける。そんな大声出したら誰か来るだろ。それでも女は泣き止むどころか、ますます大きな声で泣き続ける。

「泣くなってば！」

「悲しいのにどうして泣いちゃいけないのよぅ！」

正論だった。

言い返す言葉が見つからなかったオレは、オフィスの方から誰かが出てくる気配を察して、未だ子どものように泣き続ける女の腕をつかんで屋上へ続く階段を目指した。この現場を目撃されて、上手く説明する自信なんかあるか！　なんだか知らんが面倒くさい！　面倒くさすぎる!!　何回も言うけどどうしてオレがこんな目に!!

室外機が吐き出す熱風を避けて、オレは屋上の陰になった一角まで来ると、泣き止まない女の腕を離した。空は皮肉なくらい澄んだ青空だ。そこに丸々太ったフグが一匹泳いでいる。空を飛ぶ飛行船、まさにそれだな、東三国。

「あんたさぁ、一体、何者？」

階段を一気に駆け上がってきたおかげで息が上がっている。運動不足がたたってんな。オレは咥えていたはずの火がついていない煙草をどこかに落としてきたことに気づいて、新しい煙草を取り出した。ついでにしゃがみこむのに邪魔で、二つの煙草と財布とケータイを取り出して薄汚れたコンクリの上に置く。オレの質問を無視して、女はさらに泣き続ける。しかもシクシクとかそういった泣き方じゃなくて、顔を覆うともなく大声をあげて泣きじゃくる。大人の女の泣き方じゃねぇだろ。

「誰に用だったんだよ？」

そう尋ねると、女は一瞬泣き止んでオレと目を合わせたが、再びさらなる大声で泣き始めた。

「野田のバカヤロー!!」

夏空に、女の絶叫がこだまする。オレは火をつけようとした煙草を取り落として、女を振り返った。

「野田って、野田部長!?」

意外な名指しに思わず尋ねる。喉がおかしくなりそうな勢いで泣き続けながら、女はしっかりと頷いた。マジかよ。

クソ暑い屋上だが、視界が開けている分気は楽だ。飛行船のようなフグはどこかへ消え、代わりに尻尾の付け根に黒い縞のある、結構な大きさの魚の群れが青空を泳いでいた。

「け、結婚しようって言ってたのよ」

ようやく落ち着いてしゃべり始めた女は、城之《じようの》内遥《うちはるか》と名乗った。ビン底の眼鏡を取ると、オレより少し年下くらいの、案外普通にかわいい女だった。まぁ刃物持って会社に乗り込んでくるあたり、普通じゃないことは確かだが。

「なのに、ある日突然違う女と結婚するからって。有名な占い師に占ってもらったんだって。あたしとは、相性が悪いからって。それ以来、電話もとってもらえないし」

「なるほどね」

要は野田部長に二股をかけられてたってことか。で、挙句捨てられたと。まぁよくあるっちゃある話だ。占い云々《うんぬん》は、おそらく言い訳だろう。オレはオフィスで見かける野田部長をぼんやり思い浮かべた。営業部長で、部下からの信頼も厚い。三十代後半だが、若い連中と仕事をしてるせいかもう少し若く見える。私服では、ちょっとこだわったダメージジーンズとかを穿《は》いているおしゃれな人だ。結婚したのは最近のはずだった。

「どうして占いなんか信じて、あたしを信じてくれなかったのか、あたしは遊びだったのか、知りたくて何回も電話したの。家の前で待ってたことだってあるの。避けられてるのがわかったから、家の前のゴミ捨て場に隠れて待ってたことだってあるのよ！」

遥の告白に、オレは普通に引いた。ストーカーか。いや、ストーカーだろう。オレは煙草の煙を吐き出しながら、遥の顔をまじまじと眺めた。何回も電話したって、一体何件着信残したんだ。おとなしそうな顔してんのに。わかんねえなぁ女は。だいたいなんでそんなに恋愛にのめりこめる。

「だから今日は、変装して来たのに。あたしだってバレないように、裏通りの、マニアしか来ないようなお店で、店長さんに頼んで、選んでもらって、服も全部買ってきたのに……」

　変装の種類間違ってるけどな。オレはなぜその格好をチョイスしたのかにはあえて触れず、一緒に持ってきていたナイフに目を留めた。

「それでも刃傷沙汰はやりすぎだろ」

「だって、あの人普通なんだもん！」

　そう言うと、遥は再び号泣を始めた。普通ってなんだよ。なんかもっとすまなそうにしてくれとか、反省しろとか、そういうことか？　そりゃ今の話を聞く限り少しの同情心は湧いてくるが、遥を選ばなかった野田部長の気持ちもわかってしまうのはオレだけなのか？

　かける言葉を探して煙を吐き出していると、嗚咽をあげていた遥が不意に動いて、地面においていた魚の煙草とライターを手に取り、素早く火をつけた。

「ちょっ、おい！　それは!!」

オレは慌てて遥が咥えた煙草を奪い取る。吸った？　吸っちまったか？　これ以上犠牲者を増やしてたまるか！　なんとなくオレのせいみたいじゃねぇか。

「お前っ、これはなぁ！　ただの煙草じゃねぇんだよ!!」

「知ってるわよ!!」

煙草には慣れていないのか、咳き込みつつも間髪いれず返ってきた言葉に、オレの方が呆気に取られる。

「この魚のパッケージに煙草を詰めなおしたのはあたしだもん！」

「はぁっ!?」

「なんであんたが持ってるのよぅ！」

オレの驚きようには目もくれず、遥はまた子どものように声をあげて泣き始める。

ちょっと待て、どういうことだ？　今、このパッケージに煙草を詰めたのは自分だったか？　混乱する頭をなんとか落ち着かせようと、オレは情報を整理する。遥は野田部長に二股をかけられてて、捨てられて、ストーカーで刃傷沙汰で、煙草の製作者で。……まとまるか！

頭を抱え込むオレをよそに、遥は夏空を見上げ、ふと泣き止んでつぶやいた。

「……最初に見えた魚が真っ赤な鯛《たい》だなんて、おめでたくもないのに嫌味だわ」

そう言って、遥は再び泣いた。……オレも泣きそうだ。

「あ、オレあの魚の名前覚えたよ。スミレヤッコ」

「すごいですね、山崎さん。ちなみにあれはわかりますか？」

「なんだっけ、なんとかモンガラ？」

「そうです、ゴマモンガラ！　割と凶暴なんですよ」

「へぇ〜」

行きつけの居酒屋の、掘りごたつになった個室で、オレの左肩に手を置いて魚教室が始まっている。

「何？　どれのこと？」

そして右肩には遥が触っていた。

「あれですよ、あのちょっと派手な」

「あの悪人ヅラしたやつ？」

「あー、それそれ」

講師一人、生徒二人の魚教室は、先ほどから延々続いている。オーダーした料理を運んできた店員が、怪訝な顔をして去っていくのをもう三回ほど見送った。

「なんか中津さんが見てる景色とあたしが見てる景色って全然ちがーう。あたしのなんかおめでたそうな変なのがいっぱいいるよ？　鼻にヒラヒラがついてる青と黄色の長いやつとか」

「たぶんハナヒゲウツボですね」

「オレは気持ち悪いのが多いよ。さっきなんか、もじゃもじゃの細いヒトデが山ほどいてさぁ」

「きっとテヅルモヅルですね」

「おい、」

オレは聞きたくもない各々の魚の景色を聞き、見たくもない自分の景色を共有し、でかいジャガイモの入った肉じゃがをつついていた。いい加減うざいんですけど。

「おい！」

反応しない三人に、語気を強める。

「あ、あの黄色いのはなんなの？」

「あれはフエヤッコですね」

「なんとかヤッコって多いよね～」

無視し続ける三人に、オレは強行手段に出る。と言っても、無理矢理肩の手を振り払っただけだが。

「あーん！　もうちょっと見たかったのに」

おさげを解いた遥が真っ先に声をあげた。

「そうだよ。藍のケチ！」

「うるせえ！　メシ食え！」

遥に便乗する山崎を一喝し、オレは生春巻きを口に運んで、ビールで飲み下した。即席の魚教室は解散して、三人とも渋々席に着く。森ノ宮女史が帰ってくる前に仕事を片付けてオフィスをあとにし、野田部長の写真を与える代わりに全部話せという交換条件をあっさり呑んだ遥を連れて、山崎を呼び出した。そこからさらに東三国へと連絡が回り、腹が減ったとわめく山崎のおかげで今に至る。悠長にメシ食ってる場合じゃないと思うんだが。

「それにしても、遥さんの煙草のおかげで、僕は毎日がパラダイスです」

ちょっと寂しくなった額のあたりまで薄っすらと紅潮させて、東三国は天井の辺りを見回しながら割り箸を割った。

「喜ぶ人がいるなんて意外だったわ」

遥は嬉《うれ》しそうに言って、カニクリームコロッケを頬張る。

「でもすごいよね、この煙草どこで手に入れたの？」

そう、それだ山崎！　そこから始まる謎を解くために、オレはオフィスで死ぬほど笑われながら野田部長の写真を携帯で撮ったんだ。明日どんな噂が流れているか、想像するだけでも出社拒否だ。

「ああ、これ？　これは、あたしが作ったのよ。お手製」

「手作り!?」

こともなげに遥が言って、オレは思わず問い返した。

「そうよ、この煙草の原料はね、あたしの実家の島に生えてる魚咲草《うおさきそう》っていう草なの。昔小さな漁村で、魚の供養のための祠《ほこら》を作ったら生えてきたっていういわれがある草なんだって。魚が見える幻覚の他に、薄れかけた昔の記憶を蘇《よみがえ》らせるっていう作用があるらしくて、アフリカのとある民族では儀式につかわれていたらしいの」

唐突に始まったコアな話に、オレは食べるのをやめて聞き入った。昔の記憶を蘇らせる？　この魚が？

「その作用に目をつけた悪い人が、戦後島に持ち込んで繁殖させたの。辛い今の生活をほんの一時でも忘れて、昔の幸せだった記憶を呼び戻す麻薬として売るために。乾燥させて煙草として吸う他にね、お香として焚《た》いても効果があるのよ。島で魚咲草はどんどん繁殖して、でもそれと反比例するように、魚咲草を持ち込んだ人は体調を崩してそのまま死んじゃったの。魚咲草は年月がたつにつれて随分減ったけど、あたし、いっぱい生えてる場所知ってたから」

そこまで言って、遥はでも、と言葉を詰まらせた。

「昔の記憶をつい昨日の出来事のように蘇らせる作用もあるって言うから、頑張って製造方法調べて煙草にして、こっそりデスクに置いてきたのに。結局一本も吸ってくれなかったみたいだし……」

ちょっと待て。オレは嫌な予感がして、こめかみ辺りが引きつるのを感じた。デスクに置いてきたって？

「もしかして、野田部長のデスクに置いたのか？」

おそるおそる尋ねる。

「そうよ。とっても上手くできたし、包装も綺麗にできたから、お土産です、吸ってくださいっていうメモと一緒に置いてきたの。そしたら吸ってくれるかと思って」

「いつ？　どうやって⁉」

「二週間くらい前かなぁ。あそこのビルの清掃会社にバイトで潜り込んで、朝掃除してるフリして、社員の人が出社してくる前に。昔の記憶を蘇らせる作用があるなら、あたしのことを思い出して、戻ってきてくれるんじゃないかと思ったんだもん」

つながった。これでばっちりつながった。その朝デスクに煙草を見つけた野田部長がなぜ自分で吸わなかったのかはわからないが、もしかしたら直感で怪しいと感じていたのかもしれない。そしてそのまま給湯室のお土産ボックスの中に入れたんだ。それを、オレが吸った。

オレは箸を置いて壁に背を預けた。疑問は半分解消されたが、よく考えろ。結局遥の恋愛事情に振り回されただけじゃねぇか。

「遥、おまえ、」

「遥ちゃん健気！」

オレの言葉は、おしぼりで目の辺りを拭っている山崎の言葉にかき消された。

「煙草作ってまで、清掃員で潜り込んでまで、野田部長に帰ってきて欲しかったんだよね！」

「そうなの！　あたしと愛し合ったこと、思い出して欲しかったの！」

二人は見つめ合ってなにやら意気投合する。やばい、このままではまたオレが置き去りだ。助けを呼ぼうと東三国を見やると、奴も目を潤ませて鼻をすすっていた。

「そこまで一途になれるなんて。尊敬します」

こいつら頭大丈夫か？

開いた口がふさがらないオレをよそに、三人はがっちり手を取り合って、遥ちゃんがんばって！　うん、あたし頑張る！　などと言い合っている。マジかよ。なんで二人とも遥と野田部長の色恋沙汰のとばっちりを受けたと思わないんだ？　遥のストーカー行為のおかげで普通の日常を奪われたんだぞ？

「藍、そんなわけだから許してあげてよ」

涙目で山崎が振り返ってそう言い、オレはうんざりしながら言い返す。

「何がそんなわけ？」

「だって二股かけられて捨てられたんだよ？　それでも必死で、昔一緒に過ごしてたこと思い出して欲しくてやったことだよ？」

「結局煙草吸ったのはオレたちで、昔の記憶が蘇るどころか四六時中魚が見えてんのにか？」

「だってどっちの作用が出るかなんてわかんないんだもん！」

そう言うと、遥は再び泣き出した。だー！　すぐ泣くなお前は！　相変わらず子どものように泣きじゃくる遥を見て、山崎はオレを責めるように見た。

「魚が見えるくらいいいじゃんか！　遥ちゃんもっと辛かったんだよ！」

お前はほんっとうに乗せられやすいな。オレだって今現在辛いっつーの！

「そうですよ、魚の名前でも覚えれば楽しくなりますから！」

東三国、お前もか！

二人を敵にまわして、オレはとうとう言葉を失った。これ以上遥を責めれば、どう見てもオレが悪者だ。魚が見えるくらいどうってことないと、言ってやらなきゃいけねぇのかよ!?

「……遥、」

オレは神妙に呼びかける。

「お前、この魚の消し方知らねぇか？」

質問に、遥は泣きながら顔をあげたものの、静かに首を振った。やっぱりか。オレはでかいため息をついて、そのまま床に倒れこんだ。マジで病院行きか。トラウマなのに。どんなに遠くてもいいから、ホラースポットじゃなくて、優しくてかわいい看護師のいる心療内科を誰か紹介してくれ。

「ごめんなさぁい！」

オレの反応を見て、遥がそう言ってさらに泣き喚いた。

「いいよ、遥ちゃん、大丈夫！　オレたちは魚見えてて楽しいもん！」

「そうですよ！　僕なんて自分から望んで吸ったんですよ！」

遥を慰めようと、二人が必死であれこれ話しかけるのを、オレはぼんやり眺めていた。この二人はなんでこんなに寛容なんだ。この女、ただのストーカーだぞ。

「……ありがとう。みんな、優しい」

しゃくりあげながら遥はそう言い、妙なことを口走った。

「死ぬときは、みんな一緒がいいね」

「…………」

一瞬、その場の空気が固まった。

「……や、やだなぁ遥ちゃん。死ぬとか言っちゃやだめ！　まだ若いんだから、これからいっぱい楽しいことあるよ！」

慌てて場を取り繕う山崎に便乗して、東三国もそうそうなどと言って頷いている。

「でも、人によって速度が違うらしいから、みんな一緒にっていうのは難しいのかなあ」

「……遥ちゃん？」

つぶやくように言う遥に、山崎が神妙に呼びかける。

そして遥は、とてもさらりとそのことを口にした。

「いつか魚が視界を埋め尽くしたら、その人は死んでしまうの」

グラスの中で溶けた氷が、カランと音をたてた。

隣の個室で騒ぐ声がやたらと耳につく。

「……今、なんて言った？」

ゆっくりと身体を起こしながら尋ねたオレの声は、かすれていた。

遥は頬に涙の跡を残したまま、オレの目を真っ直ぐに見返しながら告げる。

「個人差はあるけど、このまま何日かたって見える魚がどんどん増えて、いつか視界を埋め尽くす日が来たら、その人は」

死んでしまうの。

死？

身近なようで遠い言葉に、すぐには自分の身に置き換えて捉えることができない。

「え、じゃあ、……オレらも？」

戸惑いながら尋ねた山崎に、遥はゆっくり頷いた。

「あたし、も」

ついでのように、付け足して。

中腰になって身を乗り出すようにしていた東三国が、腰が抜けたように座り込んだ。

およそ居酒屋にはふさわしくない、凍りついた空気がその場を支配していた。ただ魚が見えるようになるだけだと思っていた煙草に、そんな結末が用意されているなんて誰が予想しただろう。

「最初に魚咲草を持ち込んだ人も、自分で吸ってしまって死んだと言われてるの。偶然おじいちゃんの部屋で見つけたノートには、魚咲草を吸って魚が見えるようになった人は、早くて一ヶ月ほどで死んでしまうって」

「お前！　なんでそんなあぶねーもん野田部長に！」

そう言って、オレは今日遥がナイフを持っていたことに気づいた。そうか、そこまでの覚悟か。仮に野田部長が煙草を吸って、昔の記憶が蘇って戻ってくれば万々歳。魚が見えるようになったとしたら、後を追うつもりだったんだろう。どっちに転んでも一緒にいたかったということか。どこまで恐ろしいストーカーだ。

「あ、でも安心して！」

急に明るい声を出して、遥は取り繕うように言った。

「魚が見えても、いつの間にか消えてしまって、助かった人もいるの」

言葉が、すぐには出てこなくて。

「……そ」

「そ？」

「それを早く言えー!!」

店だと言うことを忘れて、オレは絶叫した。この女、いつか絶対シメる。決定だ！

「そいつに聞けば、なんで助かったかわかるかもしんねぇだろ！　どこのどいつだ!?」

遥の胸倉をつかみかねない勢いで、オレは尋ねた。その勢いに面食らいつつ、遥はまたもやあっさりと告げた。

「あたしのおじいちゃん」

第二章　魚の事情

一

遥の生まれ故郷は、瀬戸内海《せとないかい》に浮かぶ小さな島だという。あの居酒屋で今すぐ電話しろと言ったオレに、遥はそれより行って直接聞いた方が早いと言って譲らなかった。おじいちゃんは電話が嫌いで、一分以上話してくれないのだと言う。なんだそれ！　文通でもしろってのか!!　命がかかっているオレたちにとって、残された選択肢はひとつしかなかった。

「島には高校がないから、フェリーに乗って隣の島の高校に通ってたの。でも霧が出たり強風だと欠航になってね、学校行かなくていい日とかあってラッキーだったなぁ」

船が起こす白波に目をやりながら、遥は懐かしそうにつぶやいた。奇しくも季節は夏。これがクルージングだとかキャンプに行くとか、そんなことならはしゃいでやってもいいのだが。

「で、そのフェリーは？」

小さな漁船のへりにつかまりながら、オレは今さらながら尋ねた。死ぬと聞かされておとなしく待っているわけにもいかず、オレたちは翌日、それぞれ有休を奪取して遥の生まれ故郷に向かった。予告なしの休みに、電話口では女史に思う存分罵られたが、そんなことでへこんでいる暇はない。最寄りの港まで電車とバスを乗り継いで来たのはいいものの、島までは十人も乗れないような小さな漁船に有無を言わさず乗せられた。お世辞にも綺麗とは言いがたい。

「フェリーは朝とお昼と夕方の三回しか出てないの。こっちの方が早いし、いいじゃない」

交通手段が限られるこの辺りでは、目的地の近くまで行く船に乗せてもらうことはよくあるらしい。要はヒッチハイクみたいなもんだ。ただ漁船なばかりに、座る椅子もなければ屋根もない。オレたちは漁に使う網やカゴの隣にそれぞれ座り込み、真夏の日差しに晒されながら、激しい揺れに吹っ飛ばされないよう必死でつかまっているしかなかった。どこぞの遊園地のアトラクションよりスリリングだ。しかも船の上は、餌《えさ》のにおいか獲物のにおいか、生臭い香りで満たされている。それが生ぬるい潮風とミックスされて鼻腔にこんにちはだ。尻は痛いわ腕は痺《しび》れるわ、おまけに嗅覚の限界という三重苦。今ならヘレンケラーに対抗できるぞ。

船の一番後ろでは、揺れとにおいに耐え切れなかった山崎が、顔だけ海に突き出して吐きまくっている。その左腕には、オレが持ってきてやったトイカメラがぶら下がっていた。瀬戸内海の島なんて自然がいっぱいあってキレイだろうから、写真を撮ろうと言い出したのはこいつだ。自分の手がふさがるのが嫌で、勝手に撮れと手渡していたのだが、このままじゃ使う機会はないかもしれねぇな。ダイビングで船には慣れているのか、東三国が山崎の背中をさすっていた。

オレは山崎から視線を滑らせて、空を仰ぐ。青々とした海の上を走る船、の上を、魚たちが悠々と泳いでいる。なんだこの絵面。海中を突っ走るとこんな感じなのか？それにしたってシュール過ぎるだろ。この船の下にも同じような景色が広がっているのだと思うと、一体自分が今どこにいるのかわからなくなってくる。

「あと何分くらいで着くんだよ⁉」

いい加減尻がアザになりそうだ。オレはエンジン音に負けないよう、怒鳴るようにして遥に尋ねた。

「二十分くらいかなぁ」

「二十分⁉」

港を出発して、すでに十五分はたっていた。一体どんな地球の片隅で生まれやがったんだ。

「あの島よ」

そう言って遥は前方の、遠目にはブロッコリーのようにしか見えない小さな島を指差した。

「本当は、野田さんと一緒に来たかったけど……」

そうつぶやいて、みるみる涙目になったかと思うと、遥はそのまま声を上げて泣き出した。感情の起伏が激しすぎるだろ！　オレは慰める気にもなれずに、エンジン音と泣き声と嘔吐《おうと》声との三重奏に耳をふさぎながら、残りの二十分をやり過ごした。悪夢だ。

ようやく島に着いて、ぼろ布のようになった山崎を船から引きずり下ろし、バスでもあるのかと思えば、今度は遥の知り合いだというおっさんの軽トラの荷台に、オレたちはダンボールに入ったジャガイモとともに積み込まれた。当然鉄板の上に座ることになる。オレの尻に限界突破しろっていうのか。

「十五分くらいで着くから～」

港を抜け、海沿いの道を走りながら、自分だけ助手席に乗り込んだ遥が、窓から顔を出して告げる。ここからさらに十五分かよ。オレは潮の香りと混じるジャガイモの土のにおいにうんざりしながら、空を仰いだ。蒼白の山崎は死人のように転がっていて、東三国は荷台のへりにつかまって身を乗り出し、嬉しそうに景色を眺めている。

「いいところですねぇ」

心底そう思っているらしい東三国は、イルカ急便の時には見せたことのない輝く笑顔でオレに同意を求めてくる。

「そぉね」

投げやりに返事をして煙草を咥えながら、オレは絶対にこんな田舎には住むまいと決意した。都会万歳だっつーの。

「お前はほんっと幸せそうだな」

オレは、車の振動でダンボールから飛び出しそうになるジャガイモを義務感で押さえながら、東三国を見上げる。Tシャツの上からでも彼のむちむちした体がよくわかる。そのうちお前もメタボとか言われるようになるんだぞ。ていうか、仕事は割とハードそうなのに、なんでこんな体型になったんだ。

「もう見えないと思ってた景色がまた見れるなんて、こんなにうれしいことはないですよ。それに、空やオフィス街のビルの間を泳ぐ魚までこんな広い視界で見れるなんて」

本当ににこにこ笑いながらそう言い、東三国は、彼にしか見えない魚を追って視線を滑らせた。薄い髪のせいで、笑うととっつぁん坊やのような印象を受ける。悪いやつじゃないんだけどな。なんつーか、オレとは別の世界で生きる人間だ。

「ダイビングの最中って、実は結構視野が狭いんです。マスクをつけるし、タンクを背負ってる上、エアの消費が早くなるので大胆な動きもできなくて。仲間と一緒に潜っても、見た生物《もの》が違うことってよくあるんですよ。だから、今こうして広い視野で魚を見るのはなんだか不思議な気分です」

「へぇー」

気のない返事をして、オレは視界の端に現れた体に黄色い筋の入ったでかい魚を目で追いかける。

「だから、オレたちが見てる景色も違うってことか？」

何気なく言ったその言葉に、東三国は初めて気付いたような顔をして空の魚を仰いだ。

「そんなふうに考えたことなかったですけど……そうなのかもしれませんね」

遮るもののない空から照りつける日差しは容赦ない。燃えるんじゃないかと思って手をやった頭は、やばいくらい熱かった。あと数分このまま放置されたら、簡単にミイラになれそうな気がする。

「……実は、耳を怪我してからダイビングができなくなって、もう一年以上たつんです」

しばらく黙って空を見ていた東三国が、おもむろに口を開いた。

「大好きだったものを取り上げられた現実に、仕事もぜんぜん身が入らなくて、本当に辛い日々でした」

オレの隣に腰を下ろしながら、東三国は続ける。オレは煙草の灰が飛んでいくのが気になって、二回吸ってすぐに火を消した。吐き出した煙は、すぐさま風に流されて見えなくなる。

「鼓膜穿孔《こまくせんこう》というんです。体調の悪い日に、無理やり海に入った僕がいけないんですけどね。結局耳抜きがうまくできなくて、水圧に耐えられずに鼓膜が破れたんです。鼓膜自体は時間がたてば元通りになるそうなんですが、一度破れたところは破れやすくなるらしくて。日常生活にそれほど影響はないんですけど……もう潜らない方がいいと言われました。事実上のドクターストップです。もう、一生潜れない体になりました」

自業自得なんですけどと、東三国は自嘲気味に笑う。

「実は、将来インストラクターになろうと思ってたんですよ。やりたいことがずっと見つからなかった僕の、ちょっとした夢でした」

オレは、さらりとそう言った東三国の横顔を見つめた。ちょっとした、なんかであるわけがない。海が好きで、魚が好きで。その彼がたぶん、人生で初めて本気で目指した夢だったんだろう。マダラトビエイの群れに遭遇した、あのときの彼の姿が脳裏をちらついた。あんなふうに泣く奴が、半端な気持ちで持ってた夢じゃない。

「耳が治ったわけじゃないけど、もう一度魚のいる景色を見られて、僕は幸せです」

そう言って、東三国は空を仰ぐ。その瞳に映っている、空を泳ぐ魚。

「いつか死ぬとしてもか？」

遥から、いつか魚が視界を埋め尽くす日が来れば死ぬのだと聞いても、驚きこそしたものの、東三国は相変わらず楽しそうに魚を見上げる。

「そりゃ最初はびっくりしましたけどね」

東三国は苦笑して、それでも明るく言った。

「海の景色を見ながら死ねるなんて、ダイバーの本望ですよ」

前向きなのか後ろ向きなのか、よくわからない言葉だった。それが本望なのか、あきらめなのかもわからない。

「それなら、お前なんで一緒に来たんだよ？」

そう訊くと、東三国は照れたように頭に手をやった。

「すいません、正直遠足気分です」

「えんそく⁉」

こちとら生きるか死ぬかのまさに瀬戸際で、必死こいてここまでこぎつけたっつーのに、遠足だ⁉　おやつは五百円までかこの野郎！　オレがでかい声で繰り返すと、東三国は肩をすくめながら言った。

「実は、こんな風に友達ができたの久しぶりで。藍さんには失礼かもしれないけど、僕、ここ最近ずっと楽しいんですよ」

いつからオレとお前が友達になったんだ。オレはあえて言い返さず、相変わらずにこにこしている東三国をまじまじと眺めた。やっぱり前向きなのか何なのかよくわからない。変な奴だ。

「……シ。ヒガシ、」

軽トラのやかましいエンジン音にまぎれて空耳が聞こえたのかと思っていたら、瀕《ひん》死《し》の山崎からのつぶやきだった。その声で、オレは忘れかけていた彼の存在を思い出す。そうだ、まだ死んでなかったな。

「あの魚、何？」

山崎のうつろな目が、すぐそばの一点を見つめている。

「どんなやつですか？」

オレを介さないと景色は共有できないため、東三国は山崎の傍に寄ってその魚の形状を尋ねた。ていうか、その謎も謎なままだ。なんでオレの景色だけ全員が共有しやがる。

「身体がにょろっと長くて、銀色で青っぽくて、とさかみたいな赤いのが、びよーんて後ろに伸びてて、なんか、イカツイ顔……」

途切れ途切れで弱弱しい山崎のつぶやきを聞き取って、東三国はしばらく思案するように瞬きした後、急に目を輝かせて身を乗り出した。

「そ、それ、たぶんリュウグウノツカイですよ！　深海魚です！　すごい、そんなの実物だって中々見られませんよ!!」

「……あの世の使い？　とうとうお迎えが来たかぁ。死因が船酔いって、ちょっと格好悪いよね」

船酔いで死なれてたまるか！

オレは踊るジャガイモを押さえつけながら、トラックの振動と、目の前の二人の馬鹿な漫才に耐えながら、皮肉なほどやたら鮮やかな青空を見上げた。その空に映えるのは白い雲、ではなく、二匹のサメ。目のところが出っ張ってちょうどT字のようになっている、ハンマーヘッドとかいう種類のやつだ。それが悠々と空高くを泳いでいく。

もう驚きもしない自分が、ちょっとかわいそうじゃねーか。

軽トラの振動と暑さに耐えてたどり着いた遥の実家は、結構な広さの敷地に立つ、木造平屋建ての立派な日本家屋だった。庭には灯籠やら松の木やらがあり、手入れも行き届いている。こいつ実はお嬢様か？　ただいま～と引き戸の玄関を開ける遥の背中をちらりと見やる。純粋培養な上でのストーカーかもしれねぇなぁ。一番性質《たち》が悪そうだ。

通された座敷には、三人のじいさんがいた。一人は丸い眼鏡をかけ、一人は白く長い顎鬚《あごひげ》が生えていて、一人は明らかにヅラだった。真っ黒でフサフサの七三分けのカツラが、微妙に左にずれている。オレと山崎と東三国は、一枚板の立派なテーブルを挟んでじいさんたちと向き合ったまま、どこから突っ込んでいいのかわからずにしばらく黙って座っていた。どうしろっていうんだ。ていうかだいたい、どれが遥のじいさんだよ。

「おまたせ～」

お茶を持ってくる、と言った遥が帰ってきて、ようやく固まっていた空気が動いた。

「このたびは遠いところをわざわざ、よくお越しくださいました」

遥と一緒に部屋に入ってきた遥の母親が、そう言って丁寧に頭を下げる。柔和な微笑の、癒し系の人だ。おっとりした目元の辺りが遥とよく似ている。

「こちらこそ、突然おしかけてしまって」

オレは代表して挨拶をする。続いて山崎たちも頭を下げた。

「何にもないところですけど、ゆっくりしていってくださいね」

なんだか久しぶりにまともな人間と会話をした気がして、オレはもう一度頭を下げた。なんでオレの周りは妙なキャラの人間しかいねぇんだ。

運んできた麦茶を全員に配り終わり、一仕事終えたかのように満足げに息をついていた遥が、ようやく気づいたようにじいさんをオレたちに紹介した。

「紹介するね、あたしのおじいちゃん。左から、ランじぃ、ミキじぃ、スーじぃ」

当のじいさんたちは、置物のように誰一人微動だにしない。

「……えっと……ど、どの人がおじいさん？」

山崎が恐る恐る尋ねた。

「全員」

あっけらかんと遥は答える。

「全員⁉」

おいこら待て。じいさんていう定義をわかって言ってやがんのかてめぇは。遥の隣で、母親はにっこりと微笑んだままだ。

「ちょ、ちょっと待って。おじいさんて普通一人だよね？　母方と父方がいたとしても二人。もう一人は、親戚の人とか？」

「ワシらは！」

山崎が神妙に情報を整理して尋ね直すと、遥が答えるより早く、真ん中に座っていた鬚《ひげ》のミキじぃが急に声をあげた。置物かと思っていたじいさんの突然の行動に、オレたちは思わず身体を震わせる。ビビらすなじじい！

「全員、遥の母方の祖父じゃ」

ミキじぃの言葉に、両端のランじぃとスーじぃも頷いた。

「……どういうこと、ですか？」

オレが尋ねると、ミキじぃは麦茶に口をつけ、代わりに丸い眼鏡のランじぃが口を開いた。

「遥の母親、美代《みよ》は、ワシら三人のうちの誰の子かわからんのじゃ」

その言葉に、遥の母親は片手を頰にあてて、ちょっと困ったような、恥ずかしそうな微笑を作る。ちょっと待て、どういうことだ？　オレたちが意味を飲み込む前に、三人のじいさんは突然笑い出した。

「静代《しずよ》はいい女でのぅ」

「ああ静代というのは遥の祖母のことじゃが」

「ワシら三人に三股かけておってすっかりだまされたわい」

「昨日はそちら、今日はこちら、明日はあちらとまるで蝶《ちょう》のように夜な夜な渡り歩いて」

「結局妊娠したときには」

「誰の子かわからんかったのぅ」

代わる代わるしゃべったじいさんたちは、そう言ってまた笑った。つられて笑い出す山崎の頭をしばいて黙らせ、オレはでかいため息をつく。なんっちゅー家だ。ていうかそんなことほんとにありえるのか。戸籍とかどうなってんだ。だいたいそんな因縁の三人が、どうしてこうやって一緒に笑っていられるんだ。

「気にしないでくださいね。この島では有名なことなんですよ」

遥の母親が、おっとりとそんなことを言う。いや、普通気にするだろ。

「……じゃあ、遥ちゃんの、お母さんの、お父さんは、……三人いるってこと？」

指差し確認をしながら、山崎が尋ねる。その言葉に遥が無邪気に頷いた。

「そうよ。あたしも最初聞いたときはびっくりしたけど、三人もおじいちゃんがいる人なんて世界中探してもあたしくらいでしょ？　だから考えようによっては幸せだと思ってるの」

考えようによってっていうか、あまりにポジティブすぎないか。普通病むぞ。オレは麦茶を神妙にすすった。ＤＮＡ鑑定とか、調べる方法ならいくらでもあるだろ。つーかまず、自分の父親が三人いることをあっさり受け入れてる遥の母親からしておかしい。どんだけ楽天的なんだ。それとも鈍感なだけか。いろんな噂や陰口もあっただろうに。

「おじいちゃん、この人たちね、魚咲草のことが聞きたいんだって」

思い出したように遥が言い、オレは背筋を正した。そうだ、遥の家の事情なんかどうだっていい。オレが聞きたいのはそれだ。

「魚咲草？　ああ、想出草《おもいでそう》のことか」

ミキじぃが答える。

「そう。あたしが作った魚咲草の煙草を吸っちゃってね、魚が見えるようになったの。

どうやったら魚が消えるか、おじいちゃんたちなら知ってるかと思って。ほら、昔三人そろって吸ったけど、三人とも魚は見えなくなったんでしょ？」

遥が言うと、三人のじいさんは懐かしそうに笑った。

「そんなこともあったのぅ」

「ありゃミキが言い出したんじゃったかのう」

「いやいや、ランじゃろう」

「それにしても」

カツラがずれたままのスーじぃが、遥を見やって尋ねる。

「どうして吸ってしまったんじゃ？　遥も、吸ったのか？」

問われて、遥はバツが悪そうにうつむいた。そらそうだろうな。捨てられた相手にもう一度振り向いて欲しくて、結局関係ない人間を巻き込んだんだからな。猛省しろ。

「薄れかけた昔の記憶を思い出す作用があるって、ミキじぃの部屋にあったノートに書いてあったから、どうしても振り向いて欲しい人がいて、その人のために煙草を作ったの。でも結局吸ってもらえなくて、代わりにこの三人が。成り行きであたしも吸っちゃった」

その言葉に、遥の母親が心配そうに娘を見やった。いや、心配無用ですよ。そいつ、ただのストーカーの自業自得ですから。

「ワシの部屋のノートとは、雑記帳のことかのう？」

「そうよ。表紙に、マル秘って書いてるやつ」

わかりやすすぎるだろ、逆に。

「遥よ、あの雑記帳に書いとるのは、ほとんどが戯言じゃ」

「え？」

ミキじぃの言葉に、遥が思わず聞き返す。

「あの雑記帳はのぅ、ワシの父親の兄貴の家の隣に住んどった佐々木の長男の……」

「なんせ他人じゃ」

「そうじゃ他人じゃ」

「血はつながっとらんのぅ」

「そいつと書いた、ほとんどが戯言よ」

「戯言って？」

混乱する遥が尋ねる。

「確かあのノートには、魚咲草には昔の記憶を思い出す作用と、魚が見えるようになる作用の両方があって、魚が見えるようになった人は、視界を魚が埋め尽くすとき死に至るって書いてあったよ？」

「そうじゃ、それは半分本当じゃ」

頷くミキじぃにますます混乱した遥が再び尋ねようとして、オレはそれを制した。

そして、自分の口で改めて尋ねる。

「すいません、最初から、全部教えていただけませんか？」

部屋の隅の扇風機のモーター音が耳についた。

麦茶をひとくち飲んで、ミキじぃが再びしゃべり始める。

「ワシの父親の兄貴の家の隣に住んどった佐々木の長男の……」

「なんせ他人じゃ」

「そうじゃ他人じゃ」

「そいつはなぁ、医者を志しとってのぅ。昔から島に生えとった、不思議な作用のある魚咲草について、独自に調べとったんじゃ」

ミキじぃはどこか懐かしい目をしながら続けた。

「そいつは魚咲草を吸った人間のデータを集めて、それぞれどんな症状が出たのかを調べたんじゃ。ワシらも子どもの頃から、魚咲草には昔を思い出す作用と、魚が見えるようになる二つの作用があると聞かされておった。実際、魚咲草を興味本位で吸って魚が見えるようになり、気が触れて死んだ者もおる。成分的には大麻と似ているようじゃが、そいつも途中で調べるのに飽きてやめてしもうたもんで、詳しいことはわからんのじゃが」

飽きたのかよ！　と突っ込みそうになったのを、オレはかろうじて踏みとどまる。なんでちゃんと調べてくれなかったんだ、その、ミキじぃの父親の兄貴の家の隣に住んでた佐々木の長男の……他人！

「そんなころ、ワシらに昔を明確に思い出さねばならん状況がやってきた」

そこでじいさんたちはにやりと笑った。

「静代の妊娠がわかった時じゃ」

「妊娠して三月《みつき》がたっとったからのう」

「三ヶ月前を思い出さねばならんかったんじゃ」

「……それってつまり、」

思案しながら、山崎が言葉を探す。

「三ヶ月前、誰が静代さんとエッチしたかってことを思い出すために？」

三人のエロじじいどもは、そうじゃと頷いて笑った。

「何それ！　普通覚えてない!?」

山崎が身を乗り出して叫ぶ。おい、あんまり食いつくな。

「そのころはワシらも若かったんでのう」

ミキじぃが少し自慢げに鬚を撫《な》でながら言う。つまりは、静代だけでなくお前らも遊んでたってことだな。遊んでたもんだから、いつ誰とやったか自分でも覚えてなかったたっつーことか。なんちゅー島だ。

「静代からワシら三人のうちの誰の子かわからんと聞かされたとき、ほんの冗談で始まったことじゃった。当の静代も覚えてないと言うし、魚咲草を吸えば、逆算した日に誰が静代との情事で心当たりがあるか思い出すんじゃないかと」

「それがそのうち度胸試しのようになってしもうてなぁ」

「死ぬ可能性もあるとわかっておったんじゃが、皆あとに引けなくなってしもうて」

「静代に吸ってもらったら早いという話も出たんじゃが」

「身重の身体にそんなことをさせるわけにもいかんでのう」

「せぇの、で吸ったんじゃ」

そう言うと、三人のじじいはまた声をあげて笑った。遥の母親も、ちょっと恥ずかしそうにして笑っていた。いや、笑い事じゃねぇから！

「その直後に、ワシの父親の兄貴の家の隣に住んどった佐々木の長男の……」

「あ、マサヒコじゃ！」

「そうじゃ、マサヒコに、魚咲草に昔を思い出すなんていう作用はないと言われたんじゃ」

山崎を越えるアンラッキーかもしれねえなぁ。オレはちょっとだけ三人のじじいに同情する。

「なんでそれがわかったの？」

遥が尋ね、ミキじぃの父親の兄貴の家の隣に住んでいた佐々木の長男の名前を思い出した、ランじぃが答える。

「マサヒコが、魚咲草をこの島に持ち込んだと言われる男の日記を手に入れたからじゃ」

「日記？」

「そうじゃ。それによると、男は魚咲草を幻覚作用のある草とは知らずに持ち込んだ。遥は知っとるじゃろう、あの草は秋になると白く美しい花を咲かせる。その花が、彼の亡くなった恋人との思い出の花だったんじゃ。彼は海辺で魚咲草を眺めながら恋人を焦がれ、身体を壊して死んでいった。彼が魚咲草を想出草と呼んでいたことから、昔を思い出す作用があるという話が一人歩きしたんじゃよ。その噂を信じた昔を焦がれる島人が、一人、また一人と魚咲草を吸い、それで初めて魚が見える幻覚作用があるとわかったんじゃ」

予想していたより、はるかに壮大な話だった。

「じゃあ、マル秘ノートに書いてた、アフリカで儀式に使われていたとか、麻薬として使うために島に持ち込んで繁殖させたとかっていうのは？」

「あれはマサヒコの捏造《ねつぞう》じゃ」

「そうだった方が面白い、と言っての」

「あの雑記帳、まだとってあったんじゃのぅ」

またげらげらと笑うじいさんたちを前に、遥が呆気に取られて口を開けたままになっている。半分なら同情してやらんでもない。とんでもないじじいどもとマサヒコだ。

「じゃが、魚咲草を吸って死人が出ているのは事実での」

「噂に踊らされて吸ってしもうたワシらは大いに焦ったわい」

「死ぬクスリを吸ってしもうたんじゃからのう」

今だピンピンしているじじいどもは、そう言って笑った。ていうか、全然笑い事じゃねぇよな。その笑い事じゃない出来事が、今自分の身に降りかかっている。最悪だ。

「でも、結局おじいちゃんたちは魚が見えなくなって助かったんだよね？　どうやったら、見えなくなったの？」

遥が尋ねると、じじいどもは思案するように口をつぐんだ。

「それがわかればのう、教えてもやれるんじゃが……」

「静代がお前の母親である美代を生むのと引き換えに死んで、しばらくして魚は消えたんじゃ」

「あるいはマサヒコなら、何か知っておるかもしれんが」

結局、じじいたちからそれ以上の確証ある言葉は出てこなかった。何せ男女の情事の確認のために魚咲草を吸ったような奴らだ。しかも何十年も前に。その当時のことを逐一覚えていろと言う方が難しいかもしれない。

「念のため、マサヒコの連絡先を教えよう。まだ現役の医者をやっとるはずじゃ」

そう言ってミキじいが席を立ち、ランじいとスーじいも続いて部屋を出て行った。あの年になって男三人が仲良しとかいうのも、少し気持ち悪い。誰からともなく吐き出した吐息の先を、長い触手を伸ばしたクラゲが浮遊していた。


トイレに立ったオレは、座敷に戻る途中でリアルに迷って立ち止まった。どうしてこう、田舎の家ってのは広い上に複雑なんだ。昔ながらの造りのため、部屋の中を通らないと次の部屋にいけなかったりする。廊下をたどって歩いていたオレは、その突き当りの部屋で、ちょっとだけ開いた障子の隙間をなんとなく覗いて、ヅラをはずしているスーじぃを目撃してしまった。やべぇ。

「……見たな」

足音を殺して立ち去ろうとしたオレに、部屋の中から低い声が届く。オレは一瞬固まって、そっと部屋のほうを振り返った。すると障子の隙間から、スーじぃが目だけ覗かせて凝視していた。ホラーか！

「いや……何も？」

見てないですが？　と言ったオレの虚しい嘘はやっぱり虚しかった。次の瞬間スーじぃは驚きの速さで障子を開けてオレを部屋の中へ引っ張り込むと、外に誰もいないことを確認して今度は確実に障子を閉めた。オレは勢いで畳の上に尻餅をつくようにして転がり、身体を支えようとした手が異様な感触を捉えた。見ると、置いてあったスーじぃのカツラを思い切りつかんでいた。んなとこに置くな！　ビビるだろ！

「中津くん、と言うたかの」

目の前で威圧するように立つスーじぃの頭は、見事に禿《は》げ上がり、かろうじて弱弱しく生えている横髪をすくい上げるようにして頭頂にかぶせていた。

「わしの秘密を、知ってしもうたな？」

そう言うスーじぃの目が怖い。オレは妙な危機感を感じて後ずさった。たかがヅラひとつでなんだよ！　てかみんな気づいてるって、絶対！

「……いや、わざとじゃなくて、偶然っていうか、あの、ほら、不慮の事故っていうか」

ゆっくり迫ってくるスーじぃに、オレはありったけの弁解をする。忘れてた、こいつは遥の祖父（かもしれない男）だ。思い込みによる行動の激しさは孫で体験済みだ。

「中津くん……」

「いやあの、誤解！　誤解です！」

「見てしもうたんじゃな……」

「見たっていうか、いや、み、見てないことにしましょう！」

無理か。背中を嫌な汗が伝っていく。

「頼む！　黙っていてくれんか!!」

次の瞬間、スーじぃはオレの前で額を畳にこすり付けるようにして土下座した。あらゆる攻撃を想定していたオレは、一瞬呆けて頭が真っ白になる。え？　それだけ？　ていうか土下座って。

「いや、あの、顔あげてください」

いくら変なじじいとはいえ、人生という目で見れば大先輩だ。その大先輩に頭を下げられたことで、オレはちょっと焦ってスーじぃの肩をゆする。

「ていうか、気休めかもしれませんけど、年取れば大体の男は髪が薄くなっていくものだし、そんなに必死で隠さなくても」

なんでオレがじじいを慰めにゃならんのだ。いっそ、たぶんみんなもう知ってますよ、とか言ってやろうかとか思っていた矢先、スーじぃがぱっと顔をあげてにんまりと笑った。

「嘘じゃ」

は？

「あんな斜めのヅラのかぶり方で、隠せるなどと思っとらん。わしがヅラをかぶっておるのは、ただのおしゃれじゃ」

そう言うと、スーじぃは大声で笑った。

「はぁ!?　じゃあなんであんな演技したんだよ！」

「ちょいとからかってやろうかと思っての。今の慰め、心に響いたぞ」

このハゲじじい。オレはでかいため息をついて、手元のヅラを放り投げた。それをうまいことキャッチしたスーじぃは、そのまますっぽりとかぶってみせる。

「ほら、おしゃれじゃろ？」

「そうですねぇー」

「若者もするじゃろう、ほれ、えくすてんしょんといったかの」

「ちょっと違うけどねー」

投げやりに返事をするオレを、スーじぃはまぁまぁとなだめて、懐から煙草を取り出した。

「一服どうかね。謝罪の印に」

オレはもう一度ため息をついて、一本を受け取った。とんでもないじじいだな。

「実は、わしは若い頃からハゲておっての。今でこそ笑いのネタじゃが、当時は真剣な悩みのタネじゃったんじゃ」

咥えた煙草に火をつけながら、スーじぃは昔話を始める。

「静代と深い仲になった頃にはもうこのハゲ頭は完成されつつあっての、必死でカツラをかぶって周囲にはひたかくしにしておったんじゃ。ミキやラン、それに静代にすら隠しておった」

「いつバレたんだよ？」

オレは煙を吐き出しながら尋ねる。いつの間にかタメ口だが、この際気にしないことにする。スーじぃは特に気にする様子もなく続けた。

「静代が死んで、美代を三人の子どもとして育てようという話がまとまったころかのう。風呂から出てきたところを偶然ミキに見られてな。もうみんなにばれておると言われて、急に心が軽くなったんじゃ」

「へー」

老人っていうのは、なんでこう昔話が好きなんだろうな。オレは灰皿に灰を落としながら、それでも耳を傾けてやる。優しい、優しいなオレ。

「秘密というのは、心に抱えていれば抱えているほど、苦しくなるもんじゃろう？　一人だけ、自分だけ、寝ても覚めても考える」

懐かしい目をして、スーじぃは続ける。

「それを思えば、あの煙草を吸ったのがわしだけでなくて良かったと心底思ったものじゃ。わしに触ることで同じ景色を共有できたりもしたからのう。変な言い方じゃが、そのことで確かに他の二人も見えている、同じ境遇にいるという確認が出来て安心したもんじゃ。独りではないと、思えてのう」

「なんだよ、結局寂しがりやか？」

そう言ったオレに、スーじぃはひひひひと笑って煙を吐き出した。

「若いのぅ。だが若いうちは、強がるのも必要じゃ」

どういう意味だ、とオレが問い返そうすると、それより早くスーじぃがよっこらしょと立ち上がる。

「では先に座敷へ戻るぞ？　あまり戻らんのでは、どこかで倒れたのではといらぬ心配をかけるからのぅ」

そう言って、スーじぃは、ずれたカツラを頭にのせたまま部屋を出て行った。呼び止めようか迷っている間に、開けっ放しの障子の前を遥の母親が通りかかる。

「あら、中津さんこんなところに。帰ってくるのが遅いから、みんな心配してますよ」

「あ、すいません！」

オレは我に返るようにして、あわてて灰皿で煙草を揉み消した。遥の母親は、相変わらずおっとりした微笑を浮かべたまま部屋に入ってきて、少し小声で尋ねる。

「もしかして、スーじぃの嘘にひっかかりました？」

……あのじじい、しょっちゅうこんなことやってんのか？

とっさに言葉が出なかったオレの反応に、遥の母親はおかしそうに笑った。

「ごめんなさいね、スーじぃはよくやるのよ。若い頃は悩みのタネだったらしいあの頭が、今となってはもう武器になってるわ。事情を知らない人をびっくりさせて、楽しんでるの」

「……そうなんですか」

あのじじいめ、鉄板ネタじゃねーか。オレは密かに拳を握りながら舌打ちする。

「それにしても、せっかく来ていただいたのに、魚を消す方法について詳しいことがわからなくて、ごめんなさいね」

「ああ、いえ、マサヒコさんの連絡先がわかっただけでも、ありがたいですし。それにさっき、スーじぃさんから、オレと同じような症状があったって聞けたばっかりで」

「同じような症状？」

遥の母親が、不思議そうに首をかしげる。そうだ、スルーしそうになったが、スーじぃはさらっと重要なことを言い残している。

「普段見えてる魚の景色は、それぞれ別々なんです。遥は遥の魚を、オレはオレの魚の景色を見てる。でも、オレに触れたときだけ、みんながオレの見てる景色を共有するんです。スーじぃさんもそうだったみたいで」

オレとスーじぃの間に、どんな共通点があるのかはわからない。でも、二人を結びつける何かがきっとある。それがわかれば、オレの魚も消えるはずだ。

「初めてお会いして、こんなことを言うのは失礼かもしれないけれど、」

遥の母親は、言葉を探すようにおもむろに口を開いた。

「中津さんも、もしかして……」

そういう遥の母親の目線が、ばっちりオレの頭に向けられていて、オレは慌てて否定した。

「オレはカツラじゃないですから！」

髪をがっつり引っ張って見せて証明すると、遥の母親は、あらごめんなさい、と言って笑った。いや、いいけどさ、別に。でも本当にそうだったらどうすんだよ。遥の怖いもん知らずは母親譲りだな。

「中津さん、遥のこと、お願いしますね」

連れだって部屋に戻る途中、遥の母親はそんなことを言った。

「あの子は昔から、思い込んだら一直線なところがあって、こと恋愛に関しては、いつでも好きな人がいないと不安になるくらいの中毒なんです。その人のためなら、自分をかえりみないほど。もっと自分のために生きてもいいんじゃないかと、言っているんですけどね」

「……はぁ」

そこでなんでオレにお願いされるのかはよくわからんが、オレは曖昧に頷いた。遥が恋愛中毒なのはもう目撃済みだ。つーか、母親も知ってるってよっぽどだな。

　板張りの廊下を歩きながら、オレは開け放たれたガラス戸の向こうに見える空に目をやる。鳴き止まない蝉の声に紛れて、流線型の細い魚が、青の中を泳いでいった。


　部屋に戻ると、待っていたかのように遥が外へと誘った。魚咲草を実際に見せるという。帰りのフェリーまで時間はたっぷりある。それくらいしかこの島で時間を潰す手段はないんだろう。クソ暑い中気が進まなかったが、このままここでじっとしていても暇なだけだ。オレたちは遥の家を出て海沿いの道を山の方へ向かって歩いた。八月の日差しは容赦ない。それでなくても記録的猛暑と騒がれている夏だ。熱中症にならないよう、オレたちは途中の自販機でそれぞれ飲み物を買った。

　コンクリの堤防の向こうはすぐ海だ。田舎の海だけあって、水は澄んでいる。沖縄や海外まではいかないとしても、きれいな青だ。すぐそばの浜では、何人かの小さな子どもたちが、保護者とインストラクターらしき大人に見守られてシュノーケリングをしていた。跳ね上げる飛沫《しぶき》と、笑い声。オレの心境とは正反対のさわやかな景色だなちくしょう。オレは汗を拭いながら、買ったばかりのスポーツドリンクを飲む。こっちはそんなことしなくても魚見放題だっつーの。

「東三国、行くぞ」

その光景に目をやったまま動かないプチメタボを急かす。どうせまた、潜れない自分を哀れんでるに違いねぇ。忘れろ忘れろ。お前には空を泳ぐ魚がついてる、とかいう投げやりな慰め。

「どうしたのヒガシー」

先を歩いていた遥が戻ってくる。そして東三国の視線の先を追って、気づいたように微笑んだ。

「あれね、シュノーケリングセンターがやってる子ども向けのシュノーケリング教室。ほら、こんな島だから名物って海くらいしかないし。夫婦でやっててね、二人ともダイバーよ」

そう言うと、遥は思い切り息を吸って、かおりさーん！　と叫んだ。すると岩場近くに立っていた、腰までウェットスーツを穿いたオレンジ色のTシャツの若い女性が振り返り、知っている者の気安さで笑って手を振った。

「ダイバーなら、なんでダイビング教えないんだよ？」

オレは素朴な疑問を口にする。

「ダイビングは、十歳からじゃないと出来ないんです」

視線は海に向けたまま、遥より早く東三国が答えた。

「あの子どもたちはたぶん、まだ小学一、二年くらいですから、イントラがついててもダイビングはできないんですよ」

「そう、そうなの！　さすが元ダイバーね、ヒガシ」

大げさに相槌《あいづち》を打って、遥は続ける。

「今は潜れない子どもたちにも、海の中の楽しさを知って欲しいからって始めたんだって。ダイビングショップも兼ねてるから、希望があればダイビングのガイドもしてくれるのよ」

「へぇー！」

山崎が感心したようにつぶやいた。そしてまた、不意に瞳を潤ませて遥がつぶやく。

「……あたしもいつか、野田さんとあんな風に一緒に働きながら暮らしたかった……」

「あああ遥ちゃん、泣かないで！」

小さな子どもの機嫌をとるようにして遥の気をなんとか逸らそうとする山崎を一瞥し、オレは再び海岸へ目を向けた。泣く病気かなんかか、あいつは。東三国の丸い肩越しに、子どもと一緒に岩場にしゃがみ込んで、何か生物の名前を教えているらしいかおりさんの姿が目に入る。夢と希望に燃える人は嫌いじゃない。嫌いじゃないが、特に羨ましいとも思わない。思わないようにしてるだけかもしれないけど。

「行くぞ」

再び急かして、オレは歩き始めた。東三国は何度も何度も振り返って、その光景を眺めていた。

魚咲草が群生する丘へ続く道の途中で落石注意の看板を見つけて、オレは嫌な予感をものすごくひしひしと感じた。なんたってこっちには不運大王山崎がついている。本人だけアンラッキーに遭うならまだしも、巻き添えとかは死んでもごめんだ。

「山崎、お前一番後ろ歩け」

オレは念のために遥と東三国を先に行かせ、山崎を一番後ろへやって、オレから五十メートル以上離れて歩けと命じる。

「そんな警戒しなくてもさぁ」

「うるせえ。自他共に認めるアンラッキーだろーが」

隔離されたことで口を尖らせた山崎は、そうだけどーなどとつぶやきながら視界の魚を追って歩き、何もないところで突然つまずいて転んだ。そっちか！

「ほら見ろ」

やっぱりオレの判断は正しかったじゃねーか。敬ってへつらえ。

「なんでここで転ぶかなぁ……」

当の本人は自分のアンラッキーさ加減にがっくり肩を落として起き上がり、その拍子にポケットから落ちた小銭がゆっくり坂道を下り始める。

「おわっ！　ちょっ、待て待て待て！」

「はずさねーな山崎、オプションつきか」

小銭を追って走っていく山崎を眺めていたオレは、次の瞬間不吉な音に気づいて崖の上を見上げた。視界に捉える落石。人の頭よりでかい岩が、崖から剝離するようにして転がり、轟音とともにアスファルトへ落下する。ちょうど計ったように、さっきまで山崎がいた場所だ。

「何！　どうしたの⁉」

「大丈夫ですか？」

前を歩いていた遥と東三国が慌てて戻ってくる。オレはあまりの出来事に腰が抜けて、よろめくようにして座り込んだ。すげー格好悪いが仕方ない。だってマジで落石だぞ。当たってたら間違いなくこの世とおさらばだ。

「アンラッキーもここに極まるよね……」

結局小銭を拾い損ねた山崎が、落石現場を目にして呆然と立ち尽くしてつぶやいた。

不運な自分を誰より呪ってるのはこいつだ。オレはなんとなく後味が悪くて、だってまさかこんな岩が本当に降ってくるとか思わねぇし、自分の無事をアピールしながら立ち上がった。

「……でもまぁ、あれだ」

フォローしろオレ！

「逆に考えればラッキーだろ」

オレは立ち尽くす山崎に近寄って、その肩をぽんぽんと叩いた。

「ここ一番で助かってんじゃねぇか。その代償が小銭ですむなら安いもんだろ」

その言葉に、この世の終わりのような顔をしていた山崎が、ちょっと涙目になって顔をあげた。

「そうだよね……。助かったんだもんね」

「そうだ、助かったんだぞ。むしろお前はラッキーだ」

オレの言葉に、山崎の目がみるみる輝いた。そして両手を空へと突き上げて叫ぶ。

「オレはラッキーだー!!」

すげー単純でありがとうだ。

「優しいんですね、中津さん」

なんだかちょっと嬉しそうに坂道をのぼっていく山崎を横目に、東三国がそんなことを言った。優しい？　オレが？

「単なるフォローだろ」

それをどうとるかは相手次第で。この場合、素直な山崎の方がオレより上手《うわて》かもしれない。

東三国は知ったような顔で笑っていた。なんかムカツクな。


「これがー、魚咲草！」

たどり着いた丘の上で、自分の膝丈くらいの植物を指して遥は言った。一見他の雑草と見間違えそうな姿をしているが、よく見ると魚の胸びれのような、三角形に近い変わった葉の形をしている。

「秋になると咲く花のつぼみがね、魚の頭の形に似てるから魚咲草って言うんだって。昔の人ってうまく名前付けるよね」

遥が説明するそれは、丘一面に何ヶ所か点在して群生している。このたかだか草ごときのおかげで、オレの平和な日常がぶっ壊れたんだと思うと泣けてくるな。

「触っても平気?」

しゃがみこんでしげしげと眺めていた山崎が、遥に尋ねる。

「平気よ。乾燥させて焚いたり、煙草にしたりして煙にしない限り、害はないの」

そう言って遥は、魚咲草の葉を一枚ちぎった。それを見て、山崎と東三国も葉を手にとる。

「それ、持って帰った方がいいかもな。成分とか調べたらなんかわかるかもしれねぇし」

オレはあまりの暑さに、スポーツドリンクの残りを一気に飲み干した。だいたいこの暑い中出歩くとか、自殺行為だろ。

「なんかわかるといいね」

他人事のように言う遥に、オレにペットボトルのキャップを閉めながらうろんな目を向けた。

「おまえさぁ」

すっげぇどうでもよかったけど、気になったので一応訊くことにする。

「死ぬクスリ自分で作って自分で吸って、親とか、それこそあのじじいたちとか、悲しむとか思わなかったのかよ?」

昔話にゲラゲラ笑っていたじじいどもの姿が脳裏をかすめる。孫娘が死ぬかもしれないっつーときに、三人とも真剣に心配している様子はなかった。唯一心配をしていたと言えば母親だが、あの人は娘が死ぬことより生き方の方を心配していたような気がする。

「おじいちゃんたちもお母さんも、あたしが死ぬと思ってないもの。自分たちの血を引いてるから、いずれ魚は見えなくなるだろうって」

「血の問題かよ！」

「んー、でも可能性は低いだろうって」

そう言って、遥はポケットから小さな紙片を取り出した。

「それにほら、マサヒコさんの連絡先ももらったの。心療内科のお医者さんらしいよ。中津さんの職場からも近いし、帰ったら行ってみようよ。今は昔より医学なんて格段に進歩してるんだから、治療法くらいあるよ」

どんな根拠でそんなに自信たっぷりなのかはわからないが、オレは不覚にも、遥の言い分に納得しかけた。特に、医学なんて格段に進歩している、とかいうあたりだ。

そう言われてみればそうだ。魚咲草を吸って死人が出たのは、あのじじいどもが若かった頃の話だ。少なくとも五十年くらい前の。五十年もありゃ医療技術は嫌でも進歩する。おとなしく死ねる病気も治せる時代だ。

「それにあたし、絶っ対野田さんを取り返すもん。それまで死ねない」

「おーまーえーさぁー、」

拳を握って固い決意のように言う遥を、オレは脱力しながら眺める。いい加減あきらめろよ。

「もう向こうは結婚したんだろ？　放っといてやれよ」

「嫌！　野田さんはあたしと結ばれる運命なの！　あたしには野田さんしかいないの！　あたしの全ては野田さんなの！」

遥は胸の前で両手を組んで、空を見上げながらうっとりした顔で言う。ストーカーって怖ぇ。

「そこまで思い込めるって、逆に尊敬するぜ……」

オレは煙草を探してポケットを探った。遥はふふふとどこか得意気に笑ったあと、視線を落としながらつぶやいた。

「……だって、野田さんがいなくなったら、あたしなんにもなくなっちゃう」

細く白い首筋が、目に留まる。オレは遥の母親が言っていた言葉を思い出した。いつでも好きな人がいないと不安になるくらいの中毒なんです。その人のためなら、自分をかえりみないほど。オレは探し出した煙草を咥える。恋愛中毒、か。オレには到底わからない感情だ。なんにもなくなっちゃうって、お前を構成してるものってそんなに単純なものか？

「んなこたぁねぇよ」

オレは遥の頭にぽんぽんと手をやる。慰める気はねぇが、なんにもなくなることを肯定してやる気もない。

遥は驚いたようにオレを見上げ、泣きそうに笑ってありがとうと言った。

オレは東三国に呼ばれて走っていく遥の背中を見送る。馬鹿なんだか繊細なんだかわからない女だ。東三国の隣では、なんだかすでにハイキング気分になってる山崎が、魚咲草をいくつも摘んで手に持っているのが見えた。ちょっと採りすぎじゃねぇか？山菜取りに来たわけじゃねぇんだぞ。そんなことを思いながら、オレはポケットから取り出した煙草を咥える。

相変わらず日差しは暑い。暑いというより、痛いと言った方が正しいかもしれねぇな。全身から噴き出す汗が、服の下を流れていくのがよくわかる。丘の上からは海が見渡せた。気温さえ忘れられれば上等な景色だ。オレは煙を吐き出し、眩《まぶ》しさに目を細めながらその青のパノラマの景色に目をやる。沸き立つような白い雲。青と青に挟まれた空間を、鮮やかな紅色の魚の群れが泳いでいった。

二

島から帰ってきた翌日、オレは以前撮り直し命令を出されていたパスタの写真をまだ撮っていなかったことを理由に、朝から森ノ宮女史に筋肉の位置を記され、そのまま追い出される勢いで、やる気満々のシェフを写したイタリアンの店を訪れることになった。煙草の騒ぎですっかり忘れていたオレが確かに悪い、悪いけど！　要はあの煙草さえなかったらしばかれずにすんだわけで、オレの心中は複雑だ。店に向かう途中、その店を担当する営業マンの携帯を鳴らしてみたが、すでにどこかへ飛び込み営業に入ってるらしく、虚しい留守電の音声が聞こえるだけだった。撮り直しをお願いしに行くのは、とんでもなく行きづらい。営業の応援も望めないなら、腹をくくるしかねぇか。元はといえばオレの腕のなさ、というかやる気のなさが原因だし、とか、ちょっと自虐ネタに走る。

「すいません、アポもとらずに」

開店前の店でしつこくガラス戸を叩き、対応に出てきてくれた、オレの母親くらいの年齢の女性スタッフにそう言って頭をさげる。すいません、ほんっとすいません。反省します。

「今ランチの仕込みをしてるから、少し待ってもらうかもしれないけどいいかしら？」

「全然オッケーです。いくらでも待ちます」

少し苦笑いしながらオレを店内に招き入れてくれた女性スタッフは、オレに店内の椅子を勧めると、奥の厨房《ちゅうぼう》へと消えた。オレはぎこちなく椅子に腰を下ろし、このまま何事も起こらず仕事ができるように祈って天井を仰いだ。その視線の先を、オレの思いを知ってか知らずか悠々と魚が泳いでいる。なんだか若干、昨日より数が増えたように見えるのは気のせいだろうか。小さな目玉をきょろきょろと動かしながら浮遊していく、妙に出っ歯の青い魚を見送る。

ＢＧＭもかかってない店内は、この前来たときよりもなんだか広く見える。その壁の一角に飾られた写真に目を留めて、オレは思わず立ち上がった。

「……これ」

吸い込まれそうな青に、目を奪われる。果てしない砂漠の上に広がる青空に、上空へと泡立つように育つ雲が隊列を組むように並んでいる。以前はこんな写真があることすら気づかなかったが、これは間違いなくあのカメラマンの作品だった。

「写真家、アレキサンドラの作品だよ。アレックスって言った方が、知ってる人は多いかな」

オレが写真に見とれている間に、いつの間にか厨房からやってきたシェフが声をかけた。

「数年前に世界中を回って撮った写真のひとつだ。今は日本に住んでてね、よくうちにも妹さんと食べに来てくれるんだよ」

鬚の生えた顎をさすりながら、シェフは満足そうに写真を眺めて言う。その意外な言葉に、オレは思わず食いついた。

「え、このカメラマン、日本に住んでるんですか？」

「ああ、ちょうど彼がこの写真を撮りに行く前に、彼の父親が日本人の女性と再婚してね。……知ってるのかい？　彼のこと」

「あ、いえ、写真だけですけど」

そう言って、オレは再び写真に目をやった。その様子に、シェフは少し嬉しそうに笑った。

「君も目指してるクチか？」

手にしているカメラを指差して、シェフが訊いてくる。会社の備品の、デジカメの一眼レフ。

「オレはただの制作マンですよ」

苦笑いするオレに、シェフも笑ってくれた。そうだ、そんな夢、遠い昔に封印してしまった。

それからシェフはこの前と同じパスタを作ってくれて、自分がカメラ目線でバッチリ写っていたことに苦笑いしながら、今度はパスタにいい具合に照明が当たるように銀色の丸いトレイをレフ板代わりに持って立ってくれたりした。親切なんだか、暇なんだか。

「スイマセン、いろいろ」

オレはシャッターを切りながら、苦笑いする。シェフはトレイの角度を調節しながら笑った。

「最初からうまくいく奴なんていないさ。私も、最初からこんなパスタが作れたわけじゃない。それにせっかく撮ってもらうんだから、おいしそうに撮ってもらわないとね」

トマトソースのうまそうな匂いがする。シェフが何気なく言ったその一言が、オレの胸に妙に引っかかった。こっちから光を当てるほうがおいしそうかな？　なんて、動き回るコック帽。角度つけたほうがいい？　なんて言って、皿の下にメニュー板を挟もうとする。なんだかその姿がおかしくて、オレはシェフに向けて何度かシャッターを切った。

「だめだよこんなとこ写しちゃ」

パスタの皿を持って、右往左往するシェフが笑う。

「どんな人が作ってるかを見せた方が、効果的な場合もありますよ」

「本当？」

パスタの写真はすでに何枚か撮れた。オレは最後に、パスタの皿を持って笑うシェフに向けてシャッターを切る。女史からゴーサインが出るかどうかはわからないけれど、シェフが誇らしげに持つパスタが、一番うまそうに見える気がした。

「どうせだから、これ食べていってよ。開店までまだ時間があるしね」

撮影を終えて礼を言うオレに、シェフはそう言い残して厨房へ戻っていった。

ソースにからんだ、ナスとベーコン。ひと目見ただけで、絶対うまいと思わせるパスタ。オレは料理をしない。だから、これを作るのにどんな手間がかかって、どんな過程を踏むのかもわからない。でも、なんでシェフがこのパスタを作ろうと思ったのかは、なんとなくわかる気がする。たぶん食べた誰かに喜んで欲しかったからだ。おいしいと言って欲しかったからだ。

オレは壁にかかった空の写真に目をやる。

なんでこのカメラマンは、空ばかりを撮ろうと思ったんだろう。撮影する対象なら、なんでもあったはずだ。その中でどうして、空を選んだんだろう。空を撮り続けて、何を伝えようとしたんだろう。そんなことを思って、オレは自嘲気味に笑うようにして椅子に腰を下ろした。そんなことは、今のオレが考えてもしょうがないことだ。とっくの昔に、オレは彼の写真を拒絶してしまっている。赤褐色の魚の群れを視界の端に捉えつつ、オレはいただきます！　と手をあわせ、ありがたくそのパスタをいただくことにした。

ソースまで舐《な》めるようにして食った空の皿を厨房まで持っていくと、シェフは嬉しそうに笑って受け取ってくれた。


会社に戻ると、ありがたいことに森ノ宮女史は取材に出かけていて不在だった。オレは神様ありがとうと心の中で絶叫しながら、撮って来た写真を原稿用に加工し、占いのページとその他諸々の担当ページのゲラを女史の机に提出し、午後三時過ぎには会社を出る段取りを組んだ。朝一番に顔面刻印された勢いで忘れそうだったが、山崎たちと一緒にじじいどもが教えてくれたマサヒコの病院へ行ってみようという話になっていたのだ。こうなりゃフレックスを大いに活用してやる。普段死ぬほど残業してるんだ。オレの人生がかかった一大事に昇給も査定も気にしてられるか。とかいってほんとはちょっと気になったりもするけど。

「あ、中津さん！　ちょっといいですか？」

猛然とクリアファイルの中の資料を整理していたオレに、販促資料を取りに戻って来ていた長堀が声をかけた。

「何？」

オレは背の高い長堀を、ちらりと見上げる。

「秋スイーツの特集ページで、ちょっと相談乗ってもらいたいんですけど。クライアントから要望多すぎて、いまいちまとめられなくて」

「今日じゃないとだめー？」

他の営業マンと比べて、いつもちょっと小洒落たシャツとネクタイをしている長堀は、オレの返事にちょっと渋い顔をしてぶ厚い手帳を開いた。悪いな長堀、オレは命がかかってる。今夜も合コンに行ってはしゃごうとしているお前とは、別の星に住んでる勢いだ。

「できたら、早めに。今週中にはレイアウトできる感じで」

「わかった。時間作ったら、また連絡する」

「おねがいしまっス」

そう言って自分のデスクへ戻ろうとした長堀は、オレがプリントアウトしていたパスタの写真に目を留めた。

「あー、この間の、撮り直しにいったんすか？」

「体中に落書きされるのもゴメンだしねー」

以前に撮った写真と見比べながら、長堀はそりゃそうですね、なんて言って笑う。

「あ、でもパスタ単体より、こっちの方がいいじゃないですか」

そう言って長堀が指したのは、最後に写したシェフの写真だった。出来立てのパスタを持ったシェフが、ちょっと照れたように笑っている。女史と営業に向けて、あくまで提案用にプリントアウトしたものだ。

「中津さんの写真って、物撮《ぶつど》りより人物を写した時の方が、オレ好きですよ」

思いがけない言葉に、オレは思わず手を止めた。

「……それは何？　フォロー？　それともジャブ的なけなし文句？」

「じゃなくて、」

うろんな目で見上げたオレに、長堀は慌てて訂正する。

「中津さんの撮る人物って、すごく生き生きしてるんですよね。その場の雰囲気が伝わるっていうか、ああたぶんこんな人なんだろうなって思わせるっていうか。制作より写真だけでもやっていけそうなのに」

そんなことを無邪気に言われ、オレはあのねぇとため息と一緒に吐き出しながら椅子の背もたれに身体を預ける。

「くだらねぇ事言ってないで、さっさと受注とりに行けよ」

「くだらなくないですよ～」

じゃあ連絡待ってますんで、と言い残して、長堀は去っていった。山崎といい長堀といい、無責任なことばっかり言いやがる。目指していたのは、過去だ。もう昔のこと。それに、すでに全てはなかったことになった。オレは再び、手の中のクリアファイルに目を落とす。資料を整理して、早く帰る算段を整えないと。

クローゼットの中にしまったままの、一眼レフのことが脳裏をちらついた。

そうだ、今更もう遅い。

オレは自分に言い聞かせるようにして、そのイメージを振り払う。

あれはもう、壊れてしまったんだから。

「あ、藍さーん！」

なんとか予定の時間通り会社を出て、待ち合わせ場所の、英語の雑誌とかが置いてあるやたらお洒落なカフェにたどり着くと、すっかり仲良くなった東三国と遥が、窓際の席で向かい合ってチョコレートパフェを食っていた。イタイカップルかお前ら。

「藍ちゃん仕事大丈夫だった？」

席に着くオレに、遥が柄の長いスプーンを持ったまま尋ねる。

「ちゃんはやめろ」

「えーかわいくていいじゃん～」

オレは水を運んできた店員に、メニューを見ずにアイスコーヒーをオーダーする。それにしてもなんで女はこう、すぐに名前にちゃんをつけたがるんだ。

「山崎は？」

オレは向かいの席で、チョコレートパフェを半分ほど制覇した東三国に尋ねた。あー、なんとなく今、お前の体型の理由がわかったよプチメタボ。

「まだです。バイトは終わったらしいんですけど、お昼ごはんを食べてないとかで、ここに来る前にラーメンを食べようとしたらしいんですけど、行きつけの店がかなりの行列だったみたいで。でもどうしてもそこの味が食べたいからって、三駅向こうの支店まで行って、その帰りに事故のせいで遅れてる電車にハマっちゃったみたいです」

「……あーそう」

さらりと説明した東三国に、オレはもういちいち驚くのも面倒くさくてあっさり返事をする。相変わらずアンラッキーに翻弄《ほんろう》されて生きてるな、山崎。そしてその生き様に、すでに東三国も遥も驚かなくなってきている。正しい選択だ。あいつの不幸にいちいち驚いていたら身が持たない。オレは運ばれてきたアイスコーヒーをブラックのまま口にして、東三国と遥が最近見た珍しい魚ランキングを話しているのをぼんやり聞きながら、窓の外を浮遊するピンク色の魚の群れを眺めていた。

「あと一本早いのに乗ってたら、バッチリ人身事故目撃してたかも」

三十分以上遅れてやってきた山崎は、神妙な顔でそう言った。

「じゃあ逆によかったんじゃない？　だってラーメン食べたばっかりだったんでしょ？　人身事故なんて目撃したら、ラーメン全部リバースだったかもよ？」

カフェを出て、マサヒコの病院へと向かって歩きながら、遥がさらに神妙な顔で言った。そういう考え方もあるわな。

蟬がやかましく鳴いている街路樹の陰を狙って歩くが、アスファルトからの照り返しの熱で、どうにも避けられない暑さだ。向こうに見える線路の遮断機が下り、警報音が鳴り響いてオレの不快指数をさらに上げていく。オレはしかめ面で、耳につく雑音どもを振り払うようにして頭を振り、さらに視界をさえぎった魚を右手で追い払った。そしてその拍子に目に入った光景に足を止める。

「山崎、行きつけのラーメン屋って弐国《にこく》ラーメンか？」

数歩前を歩いていた山崎が振り返る。

「そうだよ。学生のときからよく行ってたじゃん。そこの路地の。なんか今日に限ってすっげえ混んでたから、さっき行ったのは支店の方だけど、」

立ち止まったオレの視線の先を追って、山崎は言葉を失った。

「やっぱお前はラッキーかもな」

山崎の肩にぽんと手をやって、オレは再び歩き出した。目をやった路地の先、弐国ラーメンの前は救急車と消防車と野次馬でごったがえしている。店舗からは黒い煙が上がり、巻き込まれた客や店員が次々と救急隊の治療を受けたり、担架で運ばれたりしていた。

「……火事？」

「みたいですね……」

遥と東三国が呆然とつぶやく。山崎があのまま行列に並んで店に入っていたら、百パーセント巻き込まれていただろう。

「山崎、要は発想の転換だ」

もっともらしく言ってやると、立ち尽くしていた山崎が信じられないものを見るような目でオレを見やった。

「発想の、転換？」

「そう」

オレは歩きながら答える。

「本当に運の悪い奴が、ああいうのに巻き込まれるんだよ」

山崎が、愕然と目を見開いた。そして次の瞬間、両手を握り締めて叫ぶ。

「やっぱりオレはラッキーだー!!」

オレは暑苦しい叫び声を背中で聞いて、ちょっとだけ笑いながら歩き続けた。

三

「ここよ」

メモを見ながら歩いていた先頭の遥が立ち止まったのは、見覚えのあるホラースポットの前だった。

「……ここ？」

薄汚れた白の外壁と、鬱蒼と茂る蔦。相変わらず入口の軒灯はついたままで、チカチカと不規則に点滅している。

「おい！」

オレはトラウマになった恐怖を思い出しながら、入口に向かおうとする遥を呼び止めた。オレの後ろではすでに山崎が硬直している。その隣で、東三国も異様な光景に息を呑んでいた。

「本っ当に、ここか？」

「ここよ。ほら、佐々木医院」

遥は持っていたメモをオレに見せて住所を確認させ、次に蔦に覆われてほとんど見えない看板を指差した。以前来たときには気づかなかったが、確かに佐々木医院と書いてある。以前目撃した、カーテンの隙間から覗く看護師の微笑が脳裏をちらつく。背中を嫌な汗が伝った。二度と来るものかと誓った場所だ。なんで再びリアル肝試しに挑戦せねばならんのだ。

「ごめんくださーい」

オレがあれこれ葛藤している間に、遥があっさり扉を開けて中へと入っていった。お前はこの外観を見てちっともおかしいと思わんのか！

「診療時間外かなぁ」

相変わらず真っ暗のロビーに、遥は臆することなく入っていく。女一人で行かせるわけにも行かず、オレたちも先を譲りあいながら中に入った。

「あああああリュウグウノツカイが見えるぅううう」

「や、山崎さん、しっかりしてください！」

あまりの恐怖に山崎が魚の世界へ逃避しようとし、それを支える東三国に目をやって、オレは長いため息をつきながら前方へ視線を滑らせた。オレだって逃避できるものならしたいっつの！　竜宮でもどこでも連れてってくれ。

「すみませーん！」

看護師が覗いていた受付の前で、カーテン越しに遥が呼びかける。オレの身体を、じわじわと鳥肌が這い上がった。わかっているから怖いというこの複雑な恐怖。そして、不意にカーテンが揺れたかと思うと、次の瞬間勢いよく開け放たれる。

「うわあああああぁあ!!」

男三人の絶叫がコダマする。カーテンの向こうから現れたのは、例の看護師だ。見開いた目とほつれた髪。青白い肌と、狂気の笑みを浮かべた唇。

「出たー!!!」

山崎が叫ぶ。腰を抜かしそうになるオレたちをよそに、遥は微動だにしなかった。そして小首をかしげると、その看護師をしげしげと見つめてつぶやく。

「お人形？」

は？

おそるおそる近づくと、確かにその看護師の目は瞬きひとつしない。肌の質感もなんだかおかしい。まさかと思いながら、遥と一緒に受付のガラス越しに下の方を覗き込むと、看護師の人形から突き出た棒を持って、コソコソと動かしている白衣姿のじじいが一人。

「……すいません、」

オレが呼びかけると、顔を上げたじじいは、しまったと言わんばかりの顔をして、気まずそうに立ち上がる。このじじいがマサヒコなのか。年齢的には遥の祖父たちより幾分若く見えた。ただ頭は、スーじいと同じくらい見事にハゲている。つか、何やってんだこのじじいは。

「医師《せんせい》!!」

何と声をかけようか迷っていると、入口の方から声がかかった。振り返ると、看護師の制服を着た四十半ばくらいのおばちゃんが、スーパーの袋を下げて入ってくるところだった。

「目を離した隙にまたマサコを持ち出して！　いい加減診察してください!!」

いたずらが見つかった子どものように、マサヒコが肩を落として小さくなる。

「マサコって言うんだぁ」

状況が飲み込めないオレたちをよそに、遥が人形を見上げて嬉しそうにそうつぶやいた。そっちかよ。

「魚咲草？　……ああ、想出草のことか」

通された診察室は、実験室か何かと思うほど雑然として薄気味悪かった。窓には暗幕が下ろされ、何を飼ってるのかわからないほど、水草が生い茂った水槽のエアポンプが音をたてている。棚には、カエルや魚、何かの臓器のホルマリン漬けがずらりと並び、作りかけの蝋人形《ろうにんぎょう》の頭部らしきものも何点かある。精神科のくせに人体模型と骨格標本がなぜか三体ずつあって、人体模型のうち一体は、事件かと思うほどばらばらになって床に散らばっていた。それに加え、いろんなポーズをとった素っ裸のマネキンがなぜか五、六体ある。それらが幅をきかせているおかげで、オレたちは肩を寄せ合い、マサヒコとは至近距離で向き合うことになった。

「遥の祖父……の皆さん、から、マサヒコさんだったら、この魚の消し方がわかるかもしれないと聞きまして。あの、何かご存知ですか？　あ、これ！　これがその煙草なんですけど」

魚咲草のことを覚えているらしい反応をしたマサヒコに、オレは遥が作った煙草の一本を差し出し、さらに続けて尋ねる。

マサコが気に入ったらしい遥は、さっきからずっと診察台に寝かされた彼女を眺めている。蠟で精巧に作られているのは顔から首にかけてだけで、身体は木と布で作ったハリボテにナース服を着せているだけだった。つーかなんでこんなもん作ってんだこの医者は！

「ごめんなさいねぇ、驚かせちゃって」

先ほどの看護師がそう言って、てきぱきと窓にかかっていた暗幕を開けてまわる。

「ぎゃー!!!」

突然室内に差し込んだ眩しい日差しに、マサヒコが今にも死にそうな雄叫《おたけ》びをあげて、オレたちは思わず息を呑んだ。

「暗幕とると雰囲気が出ないだろ！」

「何の雰囲気ですか！　まったくいつまでたっても人形遊びばっかり！　自分が人形作りに集中したいからって、患者さんが来ても驚かせて帰しちゃうし！　うちは病院なんです。診療して報酬をいただかないと経営が成り立ちません！」

ぴしゃりと言われて、マサヒコはまた子どものようにバツの悪そうな顔をした。なるほど、そういうことか。とんでもねぇ医者だ。

「えっ、マサコはマサヒコさんが作ったの!?　すっげぇ！」

また山崎がどうでもいいところに食いついて、オレはげんなりする。案の定パッと顔を輝かせたマサヒコが立ち上がって、そうとも、と胸を張った。ていうかオレが差し出した煙草とかは無視か！

「マサコはオレの自信作だ。見てくれこのリアルな質感の肌、唇、そして瞳《ひとみ》……。でも、最近このマサコを超える作品を創り上げたんだ！　どうだ、見たいか!?」

「見たぁい！」

遥と山崎がそろって声をあげて、オレはがっくりと肩を落とした。何のために会社を途中で抜けてきたと思ってやがる。蠟人形が見たけりゃ秘宝館にでも行くか、デーモン小暮にでも頼めばいいだろうが！

「じゃーん！　これがマサコ2号だー!!」

そう言ってマサヒコは診察台の下からもう一体人形を取り出してみせる。それはマサコよりさらに猟奇的な顔をして、口の端からご丁寧に血まで流している。

「きゃー怖いー！」

「すげー不気味ぃー!!」

もはやお化け屋敷感覚で、遥と山崎が興奮気味に叫んでいる。さっきまで冷静にオレの隣に立っていたくせに、ちょっと見たそうに背伸びをしている東三国と目があって、オレは気まずく咳払いをした。それからおもむろにマサヒコに呼びかける。いつまでもこんな人形遊びに付き合ってられるか。

「あの、」

「わかってるよ、魚の消し方だろ？」

遥の祖父たちと同じくらいの年齢のはずなのに、マサヒコは年寄り臭いしゃべり方をしない。オレの呼びかけに急に真顔になってデスクに戻ってきたかと思うと、そのまま引き出しから自分の煙草を取り出して火をつけた。

「魚咲草は、正確には大麻と同じアサ科の植物だ。大麻の場合、葉をあぶってその煙を吸うと、酩酊感《めいていかん》、陶酔感、幻覚作用などがもたらされる。だが、魚咲草に含まれる成分のことはよくわかってない。オレも調べるのを途中でやめてしまったしな。わかっているのは、いるはずのない魚が見えるという幻覚作用。そして、その魚がいつか視界を埋め尽くすときがきたら、死に至るということ」

唐突に始まった講釈に、オレは耳を傾けた。日差しの中で煙草の煙が白く光って、オレとマサヒコの間に漂う。

「結論から言おう。魚咲草を吸って見えるようになった魚を消す方法はない。あれは依存性がない代わりに、一回吸っちまったらアウトなんだよ」

あっさり告げられた言葉に、オレは返す言葉が見当たらなくて瞬きを繰り返した。

マサヒコは立ち上がって、診察室の中をゆっくりと歩き回りながら説明を付け加える。

「幻覚ってのは、脳内神経伝達物質の一つであるドーパミンの機能異常によって引き起こされる。ドラッグだろうが統合失調症だろうが大体同じ仕組みだ。おそらく、魚咲草を吸って見える魚の幻覚も同じ理屈だろう。だとしたら、その機能を正常化させる抗精神病薬によってコントロールする事くらいしか方法がない。ゆえに、魚を消す方法というより、見え方をコントロールする方法になる。効くかどうかわからんがな。……まぁ、オレの持論ではもうひとつ方法がないこともないが……」

「なんだよ？」

オレは眉根を寄せて尋ねた。ねずみか何かの小さな脳みそのホルマリン漬けを眺めながら、マサヒコは答える。

「脳の動きを一度止めるんだ。脳死状態と言ってもいい。一瞬でもその状態になれば、おそらく脳の働きがリセットされて魚が見えなくなる可能性が高い。ま、可能性の話だがな」

そう言って、マサヒコは煙草の火を灰皿に押し付けて消した。

「だけど無理だな、あきらめろ。なんらかの方法で脳死状態になったとしても、そこから確実に意識を回復できる技術が今の医療にはない。あの三人のじじいだってそのうち見えなくなったんだ。そっちの可能性に賭けてる方がカタイかもしれねぇなぁ」

「ちょちょちょ、待てよ」

あっさり言って、床に散らばっている人体模型を拾い始めるマサヒコに、オレは思わず駆け寄った。

「あんた医者だろ!?　脳死状態は無理にしても、何かないのかよ!?」

何のための精神科だ！　無理だなで片付けられるほど、オレの人生安くねぇぞ！

「原因の煙草だって現物があるし！　なんとか調べる方法あんだろ!?　成分とか……

エキスとか⁉　煙草にする前の葉っぱだってここに、」

何の疑いもなく振り返ったオレは、きょとんとした山崎の目とぶつかった。なんだ、この嫌な予感。

「……葉っぱ、持って帰ったよな？」

昨日お前が山ほど摘んでたのは幻覚か？

東三国と遥の方をそれぞれ振り向いて、山崎はようやく自分に訊かれているのだと気付いた。

「え、オレ⁉」

「お前以外に誰がいるんだよ！」

「藍が持って帰ってきたんじゃないの⁉」

「お前昨日、山菜かなんかみたいに大量に採ってただろ！」

「採ってたけど、持って帰れって言われた覚えないよ！」

「じゃああれどこにやったんだよ⁉」

オレは山崎の胸倉をつかみかねない勢いで尋ねる。

「あげてきちゃった、スーじぃに。懐かしいって言うから」

オレは声にならない叫びとため息と共に、床に崩れ落ちた。貴重なサンプルをなんでじいにやってんだよ！　そりゃ確かにオレも、山崎を指名して持って帰れとは言わなかったかもしれねぇけど。

「残念だったなぁ」

そう言うわりに、マサヒコの口調はちっとも残念そうに聞こえない。

「まぁその葉っぱがあったところで、オレにはどうしようもできねぇよ。煙草だってしかり。オレは医者なんだよ。成分分析なんか専門外だ」

バラバラになっていた人体模型のパーツを隅に寄せ、マサヒコはマネキンの腕を触ってポーズを変えさせる。

「……ちょ、でもさ、何かあるだろ？　こう……現代医学の力みたいなのが、」

オレはその肩にすがるようにして尋ねた。それをマサヒコは鬱陶しそうに眺める。

「何かって何だよ。投薬か？　カウンセリングか？　魚が見えることで起こる精神的不安なら和らげることもできるが、お前が欲しいのは根本的な治療だろ？」

そう言われて、オレは何も言い返すことが出来なかった。確かにその通りだったからだ。

「治療法はさっき言ったとおり対処療法しかない。あとは運だ。天のみぞ知るってやつか」

マサヒコは高笑いし、棚においてあった作りかけの蠟人形の頭部を持ち出して、オレを押しのけるようにしてデスクに戻る。

「まぁそういうことだからよ、抗うつ剤でもよかったら出してやるけど、そんなもんが欲しいわけじゃねぇんだろ？　じゃあ帰った帰った！　オレは忙しいんでなー」

机の引き出しから蠟を彫る道具を取り出しながら、犬を追い払うようにマサヒコは手を振ってオレたちを遠ざける。

「ちょっと待てよ！」

「医師《せんせい》！」

あきらめきれないオレの言葉尻にかぶせて、受付の方から覗いていた看護師が、机の上の蠟人形を目ざとく見つけて叫ぶ。

「患者さん来られましたから、お願いしますよ！」

その言葉に、愕然と目を見開いた後、悔しそうに蠟人形を見つめて、マサヒコはかんしゃくを起こして八つ当たりする子どものように、オレたちを追い払いにかかる。

「出て行けー！」

「ちょっ、ちょっと待てって！」

「うるさい！　診察なんだよ！　出てってくれ！　ばかー！」

バカってなんだよ！

オレたちは無理矢理背中を押されるようにして診察室を追い出され、それでも抗《あらが》おうとしたオレの鼻先で、激しい音をたててドアが閉められた。なんなんだあいつ。それでも医者か！

「……今日は、一旦ひきあげましょうか」

東三国が場を取り繕うようにそう言い、一気に脱力したオレは、そうだなと頷いてとぼとぼと出口へと向かう。もう絶対に医療なんか、医者なんか信用してやらねぇ。

「マサヒコさんてー、変わった人だったねー」

のん気にそんなことを言う遥に目をやって、オレは思わず身体をのけぞらせた。

「お前それ持ってきたの!?」

遥は大事そうにマサコを抱えていた。捨てろ！　そんなもん。

「気に入っちゃったんだもーん」

「気に入ったって、それマサヒコのもんだろ。……おい！」

オレが言うのも聞かず、遥はスキップ混じりの足取りでそのまま病院を出て行った。それに続いてなぜか山崎もスキップで出て行き、待ってください！　とか言いながら東三国が追いかけていく。オレは入口のところまで小走りで追いかけて、案の定受付の看護師に呼び止められた。

「ちょっとあなた！」

オレは舌打ちして振り返る。そりゃ堂々とマサコを担いでいったのだからバレバレだ。なんでオレが遥の尻拭いをせねばならんのだ。

「すいません、すぐにお返しするよう言いますから」

「マサコのことはどうでもいいの。それより、」

どうでもいい？　眉をひそめるオレに、看護師はにっこりと告げる。

「診療代、払ってちょうだいね」

「オレが!?」

ていうか、あれだけで金取るのかよ！

呆然とするオレをあざ笑うように、膨れたハリセンボンが視界を横切っていった。

渋々金を払って通りに出ると、遥と一緒になってマサコで遊んでいた山崎が、突然あっと叫んで駆け寄ってくる。なんだよ、今度はどんなアンラッキーだ？　つーかお前らも診察代払いやがれ！　とか思うものの、割り勘で、とか言わない優しいオレ。でかい、でかいな。

「さっき脳死状態っていうの聞いて、ずっと引っかかってたんだけど思い出した！」

「何を？」

　オレは煙草に火をつけながら尋ねる。

「臨死体験ができるっていう薬、扱ってるって言ってたじゃん！」

　誰が？　と冷たく問い返しそうになって、オレは不意に思い出した。

　猫科の肉食獣のような目をした、レゲエ女だ。

　オレは煙草を吸う手をとめて、山崎と目を合わせたまま数秒固まった。確かに、あの女はそんなクスリも扱ってると言っていた。どこまで信用できる物かはわからないが、可能性を潰していかねばいつまでたっても解決方法にたどり着かない。

「……今何時だ？」

「五時半！」

　オレの問いに、山崎が携帯の液晶を見て素早く答える。今日は月刊輪廻転生を持っていない。だが、あいつの顔は覚えている。同じルートを通っていたとしたら、もう一度あの場所で接触できるかもしれない。

「何？　臨死体験のクスリって」

　遥が尋ね、東三国もその隣で怪訝な顔をしている。

「……後で説明する。説明するから、」

言い置いて、オレはアスファルトで煙草をもみ消した。

「走れ！」

あと三十分で、あのゲームセンターの裏までたどり着かねばならない。まさかまたあの女と顔を合わすとは思っていなかったが、可能性がある限り無視はできない。走り出しながら、オレは浮遊する魚の群れを睨みつけるように見上げた。絶対に、お前らをこの視界から排除してやる。

四

六時ちょうど、オレたちはあの裏通りでほとんど捕獲するようにしてあのレゲエ女を捕まえた。こっちは人生がかかっている。体裁を気にしている場合ではない。相変わらずでかいリュックサックを背負った女は、オレと山崎の顔を指してあっと叫び、人数が増えるとここでは目立つからと、場所の変更を要求した。

「それで何？　こんな大勢で来ちゃってさ。四人、あ、五人？」

遊泳が禁止されている近くの海岸まで歩いてきて、女は律儀にマサコも人数に数えて尋ねた。まだ陽は高く、一向に気温が下がる気配はないが、海から吹く風のおかげで街中より幾分マシだ。

「マサコって言うの。あたしは遥」

マサコが数えられたことに気をよくしながら、遥がのん気に自己紹介をする。

「そう、あたしはヒノト。よろしくね」

堤防の陰になった辺りにリュックサックを下ろして、ヒノトは特にマサコを不思議がりもせずに挨拶をした。そしてくるりとオレを振り返る。

「今日は、マダム美紀子の本持ってないんだね。アレがないと、基本的には接触しないことにしてるんだけど？」

「あんな本、二冊も買ってたまるか」

「持ち歩いててくんないと」

「誰が持ち歩くか！」

オレとヒノトがそんな会話をしている間に、さっきまで機嫌よくマサコを抱いていた遥が、急にその手を離してヒノトに詰め寄った。支えを失ったマサコが倒れかけ、あわてて東三国と山崎が手を添える。ここに来るまでに遥がベタベタと触りまくったせいで、マサコの顔の色素が徐々に溶けはじめている。特に目の辺りはアイラインが滲んだような不気味な陰ができて、ホラー度が確実にアップしていた。だから早く捨てろって！

「今、マダム美紀子って言った？」

いつになく真剣な顔で、遥は尋ねる。

「言ったよ？」

そのでかい目を何度か瞬きし、ヒノトは頷いて続ける。

「あたしの母だけど？」

「はあっ⁉」

思わず叫んだオレに目を向け、ヒノトはもう一度繰り返す。

「占い師マダム美紀子は、あたしの母親」

オレはまじまじとヒノトを眺めた。母親が怪しい占い師で、その娘がクスリの売人って、どうなってんだその家族。オレが呆気に取られていると、突然遥が唸《うな》るような声をあげてヒノトにつかみかかった。

「あんたの母親のせいであたしはっ‼」

「お、おいっ！　やめろ遥っ！」

力任せにヒノトの首を絞めにかかる遥を、なんとか引き剝《は》がす。何事かとヒノトが驚いた目を向けてくるが、オレにもさっぱりわからない。一体なんなんだこの情緒不安定女。

「いきなりどうしたんだよ？」

そしてやっぱりグズグズと泣き始める遥に、オレは尋ねる。遥は子どものようにしゃくりあげながら、途切れ途切れにしゃべった。

「野田さんはっ、マダム美紀子の占いで、あたしを捨てて他の女と結婚することを選んだの！」

マジかよ。

オレは口を開けたまま言葉を失った。そして、自分が手がけた占いのページがマダム美紀子の手によるものだったこと、そしてそれは、野田部長のコネでとってきたのだと長堀が話していたことを思い出した。こんなところで、その点と点がつながるなんて誰が思う？　ある意味笑えるけど。しかも衝撃なのは、占いの結果など遥と別れるための言い訳だと思っていたが、それを野田部長がまともに信じていたらしいことだ。占いのページを依頼したのは、もしかしたらそのお礼だったとも考えられる。

「そうか」

事態を悟ったヒノトが、冷静にそうつぶやいて、遥と目を合わせる。

「そりゃ悪いことしたね。でも安心していい」

にっこりと微笑んで、ヒノトは告げる。

「母の占いは、九割方インチキだ」

「はあっ⁉」

オレは別の意味で思わず声をあげた。インチキってなんだよ！　そりゃ占いのページの占いほどあてにならないモンなんかねぇけど、一応こっちは金払って依頼してるんですけど⁉

「で、でも……」

オレの反応などおかまいなしに、涙声で遥はつぶやく。遥にしてみたら、占いがインチキだろうがなんだろうが、野田部長が他の女と結婚したことは紛れもない事実だ。しゃくりあげる遥に向かって、ヒノトは優しい目をして言う。

「あんたそんなにかわいいんだから、代わりの男なんてすぐ見つかるよ。母のインチキ占いを見破れないような薄っぺらい男に、ひっかからなくてよかったじゃない」

「野田さんのこと薄っぺらだなんて言わないで！」

いや、充分薄っぺらいと思うぞ。オレはそんなことを思いながら腕を組む。遥は涙目のまま、ヒノトを睨みつけていた。

「一緒にいるときは優しかったんだから！　ずっと一緒にいたいって言ってくれたん

だから！　あたしは信じてる。絶対戻ってくる！　野田さんは戻ってくるって！」

遥の言葉は、痛々しかった。何が痛々しいって、本人だって気づいてるのにそうとしか言えないところだ。たぶん遥はわかっている。もう野田部長は彼女のもとに帰って来ない。でも遥にとって、その存在を失くしてしまうことは、自分を失くすことと等しい。だから怖いんだ。自分がからっぽになってしまうことを、恐れている。

オレは、西に傾いた太陽の眩しさを堪えるように眉根を寄せた。

それでも遥のすげぇとこは、みっともなく泣きながらすがりつけるとこだ。自分のプライドも何もあったもんじゃゃねぇ。それが正しいのかどうかはわからないが、少なくとも自分には正直だ。ボロボロになって、傷ついて、周りからどんな目で見られようと、どれだけ泣いたとしても。

自分を守るために、「なかったこと」なんかにしない。

なんだ遥。お前、本当はめちゃくちゃ強いじゃねぇか。

「……ふうん、そう」

ヒノトはつぶやいて、丸い目玉を真っ直ぐに遥に向ける。睨んでいる遥が気圧されるくらい、透明な眼差しだった。

「じゃあ今度、取り返しに行こう。あたしも付き合うよ。母のお詫《わ》びに」

「え……」

　意外な言葉に、遥が思わずぽかんと口を開ける。

「それとももう取り返しに行ったの？」

「ま、まだ……。会ってもらえなくて……」

「そんなの、待ち伏せすればいいんだよ。会社帰りとか狙ってさ。勤め先わかってるんでしょ？　なら簡単だよ。会ったらなんて言うか考えとくんだね」

「あ、会ったら……」

　矢継ぎ早に出されるヒノトからの質問に、遥は戸惑って視線を泳がせた。そしてイメージする。野田部長に対面して、自分が口にする言葉を。妙な煙草を作ってまで、振り返らせようとした想い。刃物を持ってまで、押しかけたあのときの覚悟。

「……戻ってきてって、言いたい」

　目にいっぱいの涙をためて、子どものように遥が答えた。それを見てヒノトが、遥の頭にまるで姉のようにぽんぽんと手をやった。

「じゃあ、それを言いに行こう」

　その言葉に、遥は再び涙を溢れさせて、とうとうヒノトにしがみつくようにして号泣した。つか、うっかりだまされそうだったけど、遥の恋愛相談しにきたんじゃないんだが。オレは苦い顔で視線を泳がせる。その先に、まんまと号泣している山崎と東三国が目に入って、今度はオレの方が脱力して泣きそうになった。お前ら感化されすぎ。


「臨死体験のクスリ？」

オレはヒノトに単刀直入に切り出した。

「前に知ってるって言ってただろ？」

マサヒコから聞いた話の一部始終を話すと、ようやく泣き止んで波打ち際を連れ立って歩いている遥たちに目をやって、ヒノトはああと思い出したように頷いた。

「要は脳死体験がしたいってこと？　それであたしの臨死体験のクスリの話を思い出したと」

情緒不安定な遥のお守を山崎と東三国とマサコに任せ、オレはヒノトと砂浜に座り込んで話をした。徐々に陽が落ちて、空が赤く染まり始めている。波音に混じって、どこからか蜩《ひぐらし》の鳴く声が聞こえた。

「そういうことだ。他にアテもなかったんでな」

そう言うと、ヒノトはふうんとつぶやいて、自分のリュックサックのポケットを探って取り出した煙草に火をつけた。最後の一本だったのか、飴色《あめいろ》になった木製の煙草ケースを逆さまにして、葉っぱのカスを取り出している。

「残念だけど、あたしの知ってる臨死体験のクスリは、あんたの望むものじゃないよ」

煙草を吸う行為のついでのように告げられた言葉に、意味が飲み込めなかったオレは、眉根を寄せて無言で問い返す。ヒノトは煙を吐き出しながら続けた。

「臨死体験のクスリっていうのは、海外の、怪しい見世物小屋みたいなとこで使われてる代物でね、心臓の動きを限りなく弱くするだけ。要は、仮死状態の一歩手前くらいになるものなんだよ。だから、脳みそにはまったく関係ない。その動きを止めるなんて、論外」

「……論外？」

「うん、不可能」

あっさりと、けれどきっぱり告げられた事実に、オレは大きく息を吐きながらその場に倒れこんだ。これで最後の望みの綱が切れた。目の前を、やたら派手な紫と黄色の魚が泳いでいく。死ぬことを覚悟しながら、いつか起こるかもしれない奇跡を願って過ごすしかもう方法は残されていないのか。

「何そんなに落ち込んでんの？」

肉食獣の目をまん丸に見開いて、ヒノトが尋ねてくる。

「落ち込むだろ！　放っといたら死ぬかもしんないんだぞ!?」

そういうオレの言葉が理解できないように、ヒノトは眉をひそめた。

「だって吸っちゃったもんはしょうがないでしょ。どうしてそれを受け入れないの？　どうしてずっと足掻こうとすんの？」

「ばっかじゃねぇのお前。死ぬことが嫌だからに決まってんだろ！」

「でも人はいつか死ぬものでしょ？　それが早いか遅いかだけじゃん」

空は青いですとか、海の水はしょっぱいですとか、そんな当たり前のことを言うようにヒノトがさらりと言って、オレはイライラしながら自分の煙草に火をつけた。この女頭おかしいんじゃねぇか。

「だから、その早いか遅いかを決めるのは、普通は神様だろ？　いるのかいねーのか知らねぇけどよ！　それをオレは、魚咲草を吸ったおかげで、自分の意志とは関係なく、勝手に、早めることになっちまったんだよ！　それが嫌だっつってんの！」

「でもあんたが魚咲草を吸ったのは事実でしょ？　もう変えられない過去なわけ。治療法もないんなら、その運命を受け入れるしかないじゃん。それとも原因を作った遥を一生恨みでもすんの？」

間髪入れずにヒノトは言葉を返してくる。その双眸に宿る怪しくも透明な光は、相変わらずオレの心中を見透かすようで気分が悪い。

そうだ、全部ヒノトの言うとおりだ。

オレは長く長く煙を吐き出す。

オレが、受け入れられないだけで。

遥を恨んだところで、魚は消えない。彼女だって、オレと同じリスクを背負っている。オレは波打ち際で遊んでいる三人、いや四人に目をやった。そうだ、それなのにあいつらは、なんであんなに明るく笑っていられるんだ。

「お前にオレの気持ちなんかわかんねぇよ」

オレは吐き捨てるように言った。そうだ、同じように魚が見える人間でもこんだけテンションに差があるのに。正常に寿命をまっとうしようとしている人間に何がわかる。ヒノトは波打ち際に目をやったまま、煙を吐き出していた。

「……あたしさ、」

やがて、ヒノトの方からぽつりと切り出した。

「高校生の頃、薬飲みすぎちゃって、入院したことあるんだよね」

不意の告白に、オレは思わず言葉を失う。え、何？　お前そういう人？

「小学生の時に両親が離婚してさ、あたしは母親と二人暮しだったたんだけど、女手ひとつで育てるのも大変でさ、仕事ばっかりであたしをかまう暇なんかなかったわけよ。家に帰ってもすれ違い、参観日にも来ない。小学校も中学校も、あたしは周りの人間をうらやんで過ごしたの。もともと他人と交わるのも得意じゃなくて、ずっと一人だった。なんとか高校には行ったけど、その頃にさ、母親がいきなり占い師になるって言い出して」

思い出すようにして肩を震わせて笑い、ヒノトは続ける。

「普通に驚くでしょ？　今まで平凡にパートで働いてたおばさんが占い師だよ？　しかもそれだけじゃなくて、再婚するって言うんだよ、子連れの黒人と」

「……マジ？」

オレは思わず尋ねる。さすがマダム美紀子と言うべきか。つか、どこで知り合ったのか聞いてみたい。お前の人生、割と波乱万丈だな。ヒノトは笑いながら頷いて続ける。

「ただでさえコミュニケーションが苦手なのに、いきなり父親と兄ができて、あたし的にはいっぱいいっぱいだったわけ。夜もろくに眠れなくて、食欲もない。そんなある日、夏の暑い日にさ、家で水を飲もうと思って冷蔵庫から取り出したペットボトルを、手を滑らせて床に落としちゃったんだよね。緩かった蓋が弾みで開いて、床一面に水が流れ出たの。ドクッドクッて、脈打つみたいにして。それを見た時に、ああもう無理だって、なんでだか急に思って、病院でもらった睡眠導入剤とか、市販の風邪薬とか、とにかくいろんな薬をごちゃ混ぜにして飲んだの」

そしたらぶっ倒れて、気づいたら病院にいた。

そこまでしゃべって、ヒノトは夕陽のまぶしさに目を細めながら、短くなった煙草を消した。オレは黙って、煙を吐き出す。

「母親が泣きながら謝ってくれてさ、父親と兄貴も来てくれて、少しずつでいいから、ちゃんと歩み寄って話をして、本当の家族になろうって言ってくれたんだ。それから三ヶ月くらいかなぁ、入院して、カウンセリング受けて、あとなんか変な体操とかやるの。そこって精神科病棟だったからいろんな人がいて、盗み癖とか嘘つきとか拒食症とか。皆何か悩みがあって、治療を受けてるんだよ。その時あたし、初めて自分ばっかりしんどいって思ってたのかもって思ったの。母のことも、新しい家族のことも、戸惑って拒絶してばかりで、ちゃんと向き合わなかった」

その入院生活の間に、ヒノトが何を感じたのか。今の彼女を見ていれば、少しわかるような気もする。オレは長く長く煙を吐き出して、煙草を揉み消した。

「だから、オレも運命と向き合えと？」

投げやりに訊くと、ヒノトは答える代わりに煙草ちょうだいと右手を差し出した。

オレはメンソールの煙草を放るようにして渡す。

「向き合っちゃえば楽なのに」

「事によるだろ。他人のせいで背負った寿命の制限だぞ？　向き合えるか」

「あんたそんなに長生きして何するつもりなの？」

「何するって……、」

答えようとして、オレは言葉を見失った。長生きして、何をする？　結婚か？　子どもが欲しいか？　自分の家を建てて家族と住んで、毎日笑って楽しく過ごしたいのか？　もっといろんなものを見て聞いて触って、世界って広いんだすげぇなんて、言いたいのか？

違う。

たどり着いた結論に、オレは愕然とする。

未練があるんだ。なかったことにした、あの頃の夢に。

オレはごまかすように煙草を咥えて、火をつけた。そんなわけねけだろ、と打ち消して視線を空へ向ける。

「……お前はどうなんだよ？」

答えに困ったときの常套手段《じょうとうしゅだん》で、オレは逆に質問をぶつける。煙を吐き出していたヒノトが、不思議そうな目を向けてきた。

「入院して、いろんなもんと向き合おうって決めたお前が、なんでクスリの売人なんかやってんだよ？」

どうにかひねり出した素朴な疑問を口にすると、ヒノトはオレの鼻先に人差し指を突きつけて、それ、と指摘した。

「それが勘違い。いい？　あたしはその道のプロだって名乗った覚えはあるけど、クスリの売人だって言った覚えはないよ」

なんだその揚げ足取りみたいな言い方。オレが片眉を跳ね上げるのを面白そうに眺め、ヒノトは煙草を咥えたまま得意気に笑う。オレはムッとしながらも、彼女と出会った日の事を記憶の中から掘り返した。

「……確かに売人だとは言ってなかったかもしんねぇけど、幻覚作用のあるサボテンやらキノコやら、オレに売りつけようとしてたじゃねーか」

「ああ、あれはニセモノ。小人も妖精も見えないよ」

「はぁ!?」

あっけらかんとした告白に、オレは思わず叫ぶ。ニセモノってなんだよ！

「サボテンはうちの植木鉢で枯れてたやつだし、キノコはただの干し椎茸《しいたけ》。店に置こうかと思った試作品だったんだけどさ、売れなさそうだからやめたんだよ」

「ちょっと待てなんだそれ！」

「まぁ売る分にはさぁ、幻影キノコ！　とか名付けてても、作用は個人差がありますから、なんて言ってごまかせるけど、椎茸ってさ、匂うじゃん？　おいしそうな匂いしてもねぇ」

「騙そうとしてたのかよ⁉」

「無害な物をそれっぽく言って渡してやると、案外みんな思い込んで使ったりするんだよ。その間ヤバイのに手を出さずにすんで、正気に戻ったりね。ほら、プラシーボ効果とか言うでしょ？　それにあんたには結局売らなかったんだからいいじゃん。堅いこと言うなよ」

ヒノトは煙を吐き出しながら、さも当然のように言う。母親がインチキ占い師なら、娘はニセモノ売人か！　オレは奥歯を噛み締めながらヒノトを睥睨《へいげい》する。なんなんだこの女。何考えてんのか全然読めねぇ。親切なんだか詐欺なんだかもわかんねぇ。

「……ていうか、さっき店って言った？」

オレはふと嫌な予感を感じながら恐る恐る尋ねた。

煙を空に向かって吐き出し、きょろりとでかい目玉を動かしてヒノトは頷く。

「言ったよ？　退院してからすぐ高校辞めて、兄の仕事について海外に行ったんだけど、そこで見たものが衝撃的でさ。帰国してから、兄に協力してもらって、世界の文化を知ってもらえるようなモノを売る店をだしたの。旅のおかげで海外にコネもできたし、そこ通じて仕入れたりして。いろんな民族の民芸品や、音楽や、合法のちょっと刺激のある煙草も。あー、言っとくけど、ヤバイのには手出してないからね。ほら、サボテンもキノコも偽造するくらいだし」

その偽装品を売ったらそれはそれで問題だと思うぞ。それに買わされそうになった人を目の前に言わないでいただきたい。煙草を指に挟んだまま、ヒノトは続ける。

「つまんないことで悩んでる人に、それがどんなにちっぽけか知ってもらいたかったの。かつてのあたしがそうだったように、受け入れて、広がる視界があることを知って欲しかった。クスリのことは、反省もあって病院にいる間に勉強したんだ。ヤバイの含め、合法なものまで。そこらへんの売人より詳しいつもりだよ」

「……なるほどねー」

どうしてヒノトがその道のプロを名乗るのかの理由はわかったが、オレはそれよりずっと気になることがあって、うろんな目で訊いた。

「その店ってさ、高架下に出してる？」

ヒノトはあっさり頷いた。

「本職があるくせに、店員としてお客さんと触れ合うのが新鮮なんだって言って、たまに兄貴が店番してるけど？」

それを聞いて、オレは再び砂浜に倒れこんだ。どうしてこう、世間ってやつは狭いんだ。

「お前があそこの店長かよ……」

「海外から輸入する以外にも、買い付けに行ったりとかしてあんまり店にいないけどね。あ、あんた来たことあるんだっけ？」

来たことがあるもなにも、そこでお前の兄貴に本物の魚の煙草を買わされ、月刊輪廻転生を買わされましたけど？　オレはうんざりしながらため息をついた。ということはこいつ、自分の店で母親の本売ってやがんのか。インチキだってわかってるくせに、たくましい親子愛だな。

「あんた、変な人だね」

砂浜に倒れこんだままのオレを物珍しげに眺めて、ヒノトは言う。

「どっちが!?」

「だって、さっきから落ち込んでばっかりじゃん。どこにそんなに落ち込む要素があんの？　起こってしまったことや出会ってしまったことを嘆いて何になんの？」

これだ。この感じだ。

オレはもう一度息をつく。ヒノトのこの感じが気に入らない。言ってることは確かに正しいかもしれないが、それはお前の見解だ。オレにはオレの捉え方がある。後悔だってする。受け入れたくないことだってある。それをさも異常であるかのように不思議がられても、気分が悪いだけだ。オレからすれば、お前の方が充分おかしい。

なんでそんなに、真っ平《たいら》に物事を見れる？

まるで人生に悔いも未練もないような双眸で。

オレはヒノトの問いに答えなかった。何を言ってもこいつはオレの言い分を理解しないだろう。そしてオレも彼女の言葉を聞き入れられない。それは、これまで歩んできた人生の違いかもしれなかった。そうなればまた平行線だ。

オレは昼間の熱を残す砂に半身をうずめたまま、空の高いところを泳ぐ魚の群れを眺めていた。もしヒノトが魚の煙草を吸っていたとしても、彼女はたぶん、こんな非日常な景色すら楽しんで生きるんだろう。その先に死が待っていたとしても、それすら受け入れて生きるんだろう。だってヒノトにはたぶん、未練がないから。そういうものを残さないように生きている。そこまで考えて、オレはその先を考えるのをやめた。考えた先にたどり着くものは、確実に今のオレを打ちのめすような気がしていた。

そのうちに波打ち際から三人、いや四人が戻ってきて、無言で倒れこんだままのオレに代わって、ヒノトが事の経過を説明した。

「え、じゃあ臨死体験のクスリは使えないってこと？」

尋ねる山崎に、ヒノトはオレに説明したときと同じようにきっぱり頷いてみせる。

「そうだね。まず無理だろうね」

「そっかぁ……。しょーがないね」

肩をすくめた山崎が、あっさりその一言で片付けた。だから、なんでそうすぐあきらめられるんだお前は！

「また一からかぁ。でもきっと大丈夫よ。なんとかなるって」

マサコを抱えた遥がのん気にそう言い、つられた東三国もそうですよ、なんとかなりますよなんて言って頷いている。だめだ。絶対こいつら頭がおかしい。オレは身体を起こして、自分の頭をかきむしった。状況は同じなのに、どうしてこうオレと同じような心理状態の奴がいないんだ。

「それより、お腹空いたから、みんなでごはんでも食べに行きませんか？」

その場を取り繕うようにして、プチメタボの東三国がそんな提案をし、すぐにオレ以外の三人が同意した。

「シシカバブとか食べたいよね」

リュックサックを担ぎながらヒノトがそんなことを言って、じゃあトルコ料理だー！ などと言いながら道路へとつづく階段を皆が上り始める。

「ほら藍、行くよー」

山崎に呼ばれて、オレはのろのろと立ち上がった。なんなのこのノリ。オレのノリが悪いのか？

「あ、そうだ忘れてた！」

のろのろと階段を上るオレに、そう言って山崎が自分のカバンから例のトイカメラを取り出すと、無理矢理オレの手首にストラップを引っ掛けた。そういえば遥の島に行ったときから、渡しっぱなしにしていたんだった。ていうか、お前これでなんか撮ってたっけ？ オレは期せずして自分の手に再び戻ってきたカメラを、しげしげと眺めた。安っぽい、白のプラスティック。魚眼レンズとはいえ所詮トイカメラだ。

「山崎、これもう、」

使わねぇし、と言いかけたオレの言葉を、ヒノトの遥？ と呼びかける声がかき消した。目をやると、マサコを抱えたまま道路に立ち尽くした遥が、向こうから低速で走ってくる一台の車を凝視している。ここは海に夕陽が沈んでいくのを見れる、有名なスポットでもある。大方どっかのカップルが夕陽を見ながら車を走らせているんだろうと思っていたら、助手席の女に笑顔を向ける運転手に見覚えがあった。今日は確か、有休をとっていると聞いていた。車は去年の冬のボーナスで購入したという、白のアウディ。

運転手は、野田部長だ。

オレは戦慄のようなものを感じて遥に目をやった。

助手席に乗ってるのはおそらく嫁。

占いで選ばれた、遥の敵だ。

やばいぞ、また泣く。そう思って、オレはなんだか知らないがとっさに身構えた。その行動に気づいたヒノトと目が合い、瞬時に理解した顔で彼女が遥を振り返る。なんちゅー勘の良さだ。やっぱお前肉食獣かなんかだろ。

「止めようか？」

車を止めるために、担いだリュックサックをそれごと道路に放り出すような勢いでヒノトが尋ねた。

「今言わないでどうするの？　言うって決めたんでしょ？」

遥は視線を固定したまま動かない。山崎が呼びかけたが、それにも無反応だ。そのうちに車がどんどん近づいて、痺れを切らしたヒノトがついにリュックサックを道路に放り出そうと構えた瞬間。

「待って」

遥が制した。泣きもせず、真っ直ぐな目で。

「自分でやる」

目を合わせた、女同士のやり取りがあった。オレは思わず山崎や東三国と視線を交わして、なんとなく邪魔にならないように数歩後退する。なんだか知らんが、やる気だな遥。

そして次の瞬間、遥が女とは思えないような雄叫びをあげて車に向かって突進した。そしてオレたちが止める間もなく、その勢いに乗せて抱えていたマサコを車のフロントガラスめがけて思い切り放り投げる。

ぎゃー!!　という叫び声と、急ブレーキの音。

そらそうだろう。突然目の前に、ホラー度のアップしたマサコが飛んできたのだ。

普通心臓が止まる。マサコは見事にフロントガラスを直撃し、突き破りはしなかったものの、車内からは現状が飲み込めない男女の悲鳴がしばらく聞こえていた。

「き、き、君！　危ないじゃないか！」

そのうちに、そう言いながら慌てて車を降りてきた野田部長は、マサコを放り投げた人物に目を留めて言葉を失った。オレは今度こそ遥が刺すんじゃないかという危機感に襲われ、思わず止めに走ろうとしたが、ヒノトに腕をつかまれて止められた。

「大丈夫だよ。自分でやるって言ったんだ」

涼しい顔をして、ヒノトは成り行きを見守っている。大丈夫って、お前あいつの執念深さ知らねぇだろ！

「刺したりしたらどうすんだよ。あいつ刃物持って会社に乗り込んできたんだぞ？」

小声で言うと、ヒノトは少し驚いたように目を見張って、にやりと笑った。

「やるじゃん」

やるじゃんって……。

「ほんとにヤバくなったら止めに入ればいいよ。救急車だってすぐに呼べるし、車だってある。それにあたし市民救命士の資格持ってるし」

「全部事後処理じゃねぇかよ！」

「犯罪者になるのを黙って見てはおけないけどさ、」

ヒノトはオレの言葉尻にかぶせて言う。

「それくらいの覚悟じゃないとできないいんだよ。自分の一部を削り取るんだからね。あんたそんなこともわかんないの？　恋愛したことある？」

なんだか矛先がまわってきて、オレは憮然と口をつぐんだ。心配は余計なお世話ってことかよ。恋愛したことある？　って。あるに決まってるだろと即答できなかった自分への疑問は、うやむやにした。なんだこの負けた感。

野田部長と無言で向き合っていた遥は、意を決したような瞳で口を開いた。

「あたしね、さっきまでは本当に、野田さんに会ったら、あたしのとこに戻ってきてって言うつもりだったの」

助手席から降りてきた嫁が、それを聞いて怪訝な顔をする。思わず制止しようとした野田部長にかまわず、遥は続けた。

「でも今、たった今気が変わった!!」

叫ぶようにそう言うと、遥はおもむろに自分のカバンに手を突っ込んだ。オレたちは思わず身構え、野田部長も後ずさる。そして目当てのものをカバンの中からつかんだ遥は、もう一度キッと野田部長を睨みつけ、次の瞬間思い切りそれを投げつけた。

拳よりも小さな黄色い物体が、野田部長の肩のあたりに当たって跳ね返り、地面に転がった。それを嫁が拾い上げる。

「……これ、」

「ち、違うんだ！　それはっ」

拾い上げられた物体と、野田部長の取り乱しぶりに、オレたちはなんとなく思い当たる。そして限界まで息を吸い込んだ遥がついに叫んだ。

「お前の好きなオムツメーカーなんか潰れてしまえー!!!」

絶叫が、海岸に響き渡る。

嫁の拾い上げたそれは、紛れもないおしゃぶりだ。赤ん坊が咥えるあれだ。そしてオムツがどうとかいうことはつまり。

「そーいう趣味!?」

山崎が叫んだ。オレは思わず息を呑む。まさかあの野田部長が!?　ていうか、オムツのメーカーにまでこだわりがあるってかなりディープだぞ。

「遼一《りょういち》さん……、」

「ち、違う、違うんだ聞いてくれ！」

愕然としている嫁の反応からして、まだ暴露してない趣味だろう。新婚の夫婦間に立ち込める悪雲をよそに、遥が走って戻ってくる。泣いてはいないけれど、その口元をキッと引き締めて。

「ちょっ、ちょっと、ちょっと待て、遥!!」

野田部長が呼び止めると、遥は身体を震わせるようにして足を止めた。そしてゆっくりと振り返り、次の瞬間これ以上ないほどの、極上かつ満面の笑みで言い放つ。

「今度はどこのオムツがいいか、占ってもらったらー？」

その直後、オレたち全員がかみ殺していた笑いが一気に爆発した。

緊張からの反動というやつだ。だってどう考えても爆笑する以外ないだろう。遊んで捨てた女に、嫁の前でディープな性癖暴露されるって。野田部長が呼び止めるのに高らかに手を振って、遥は走り始める。そしてオレたちも笑いながらその後に続いた。

「遼一さん！　どういうことなの⁉　あの女は誰⁉」

嫁のヒステリックな声が聞こえて、それに狼狽《ろうばい》する野田部長の姿を振り返りながら眺め、オレたちはまた笑った。

「遥ちゃんがんばったね!!　えらい！」

山崎が褒め称えて、遥が得意気に笑う。

「ちゃんと言えたじゃん。上等だよ」

ヒノトがそう言って肩を抱くと、遥は堪えきれずに笑いながら泣いた。

そしてオレたちは再び砂浜に降り、砂に足をとられながら、それでもまだ笑いながら走った。遥、お前すげえわ。いろんな意味で。笑い泣きする遥の頭を、みんな交代でぐしゃぐしゃと撫でた。やだぁと言いながら笑って遥が抗議して、ヒノトの背中に隠れようとする。胴上げだーなんて言って、山崎と東三国が遥を担いで波打ち際まで連れて行く。それをヒノトが笑いながら追いかける。

波の音と、笑い声。

誘われるように、オレはトイカメラをかまえた。

服のまま遥が海に放り込まれて、山崎も弾みで水中に倒れこんだ。それを助け起こそうとした東三国が道連れにされる。ヒノトが手を貸して、びしょぬれの遥が立ち上がる。ひどぉい！　なんて怒って、それでも顔は笑っていた。

水平線に沈んでいく太陽に照らされて、きらめいた雫《しずく》。

オレは安いトイカメラのファインダーを覗きながら、ただ夢中でシャッターを切った。ピントなどない。露出もない。ファインダー越しに魚が見えようが、仕事でもない撮影に気を遣う必要もなく。水しぶきを避けながら、砂に脚をもつれさせて、ただ笑ってシャッターを押し続けた。

その馬鹿馬鹿しくも、いとおしい時間を切り取るようにして。

「お前なんかより、もっといい男見つけてやるー!!」

夕陽に向かって遥が叫び、その頭をヒノトがぐしゃぐしゃと撫でた。波打ち際では、水に浸かって携帯をダメにした山崎が泣き笑いしている。それをフォローする東三国。その景色をカメラに収めて、オレはまた笑った。

本当は、わかっていたんだ。

カメラや写真への興味をなかったことにしたくせに、じゃあなんで制作の仕事を選んだのか。写真を撮る仕事を、選んだのか。

どこかであきらめきれなかった。なかったことにできなかった。そんな自分が格好悪くて、気づかないふりをしたんだ。

長堀に写真を褒められたとき、本当はとても嬉しかったくせに。

「あたしねー、」

オレの目の前まで走って来て、遥がずぶ濡れのまま告白する。

「こんな風にして、みんなではしゃぐの初めてなの!」

髪から垂れる雫を、嬉しそうに跳ね上げて。

「好きな人はいつでもいたけど、こういう友達って今までいなかった」

「そうなの?」

ちょっと驚いて、オレは思わず問い返す。遥は気にもせず頷いて、続ける。

「だからいっぱい撮ってね！　絶対宝物にするから！」

晴れやかな笑顔でそう言う遥に、オレはしょうがねぇなと頷いてやる。そして、その笑顔を収めるためにもう一度カメラを構えようとした瞬間、彼女の背後、朱色に染まった空の中に、ありえない風景を見つけた。

水平線に沈んでいく熟れた果実のような太陽から、海原へ朱金の道が伸びる。上空は、燃え上がるような美しい紅。東の空に向けて徐々に橙《だいだい》から群青へと変わっていくグラデーション。その夕暮れの空を、マンタが泳いでいる。水族館の大水槽などでよく見る、世界最大のエイ。しかも一頭だけではなく、数頭の群れだ。その大きな翼を羽ばたかせ、ゆっくりと旋回し、沈み、浮き上がり、寄り添っては、離れ、戯れるように舞っている。

「どうかした？」

その風景を凝視していたオレを、遥が不思議そうに見つめていた。だがそのうち、ヒノトに呼ばれてそちらへと走っていく。その上をゆったりと泳ぎ続けるマンタの群れは、半透明の身体に夕陽を透過させ、今にもその景色の中に溶けてしまいそうだった。決して写真に写ることのない、オレにしか見えない空。

「おい、……」

こんなに美しい、ありえない風景だ。オレに触って、皆でその景色を共有すればいいと頭ではわかっていた。あいつらの喜ぶ顔が脳裏に浮かんですらいた。

けれど、できなかった。

呼びかけた声は続かずに、波音に紛れて消える。それはプライドか意地か、いずれにせよくだらないオレの自尊心か。同じ景色を見て欲しいと、口にすらできずに。

波打ち際では、まだ水の掛け合いが続いていた。

金色に光る雫。

紅に溶けてしまいそうな翼。

その二つを同じ景色に収めるよう、オレはカメラを向ける。たった一枚でもいい。たった一枚でも、オレの見ている風景がフィルムに残ればいいと思った。そうすればきっと、言えるような気がしていた。

太陽が沈み、空が濃紺に染まり、星を背負ったマンタが見えなくなるまで、オレたちはそこでくだらない遊びを繰り返していた。

第三章　魚の行方

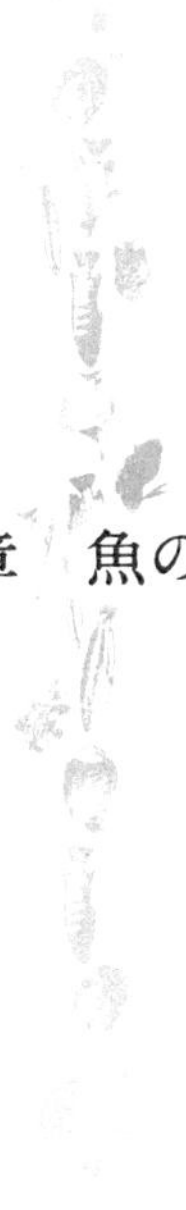

一

遥の大逆襲から数日たって、魚については何の進展もないまま、このままの日常がもしかしたらずっと続いていくのかもしれないなんてぼんやり思いながら、オレは相変わらずサドとオカマとオタクに囲まれた職場で働いていた。

日常の繰り返しは案外忙しく、マウスを動かすかキーボードを叩くか電話を取るかの三種類の行動に翻弄される。死ぬと聞かされたことすら今になってみれば遠い。人間の慣れっていうのは恐ろしいもので、オレはいつの間にか、魚を無視してパソコンを長時間操作するテクも見出していた。

顔を上げるとパソコンのディスプレイ越しに野田部長の姿が目に入って、オレは思わず思い出し笑いをかみ殺した。大逆襲の翌日、社内メールで頼むから口外しないでくれというメールが飛んできたが、何のことですか？　と返したオレは大人だと思う。マジで。

グルメ欄のキャッチコピーを決めかねて、オレが口にガムを放り込んでいる間に携帯が鳴り、メールかと思ったら遥からの着信だった。煙草を吸うついでに階段の踊り場へ出て、オレは通話ボタンを押す。

「もしもし？」

こんな時間になんの電話だ。なんか緊急事態かと思ってドキドキするじゃねぇか。遥の仕事は、確かアパレルの販売員だと聞いていた。仕事中じゃねぇのかよ。

「あ、藍ちゃん？」

電話の向こうで、弾んだ声がする。だからちゃんはやめろっつーのに。

「藍ちゃんですけどー？」

オレはわざとらしくちゃんを強調して答える。踊り場の手すりの向こうを、黒と白のシマシマの魚の群れが通り過ぎた
「あのねー昨日ヒノトとディズニーランドに行って来たの！　あたし女の子とディズニーランド行くのって初めてだったんだけど、あ、ほらいつも行くのは彼氏とだったから、それにヒノトってクールだし、楽しんでくれるかなって不安だったんだけど案外ミッキーとか見て二人してテンションあがっちゃって、しかもプーさんが、」

「あのさぁ！」

どこまでも続きそうな話を、オレはとりあえずさえぎる。つか、お前立ち直り早くねぇか？　オレは火をつけそこなった煙草を手に持ったまましゃべる。

「今仕事中！　要約しろ、要約！」

「えー！　ここからがおもしろいのにぃ」

「残念ながらおもしろい匂いがちっともしねぇんだよ！　早く用件言え。まさかその思い出話をしにかけてきたわけじゃねぇんだろ？」

ヒノトと遊びに行ったという話を聞かされて、どんな反応しろってんだ。へぇよかったね。それで？　がオチだろ！　電話越しにひとしきりブーブー文句を言って、遥がええとね、と電話をかけた用件を思い出そうとする。覚えとけよ。

「そうそう！　あのね、あたし魚が見えなくなったの！」

「……はぁ!?」

オレは思わずでかい声で問い返した。喫煙所の前を歩いていたバイトが振り返るのを、なんでもないとジェスチャーで示す。そして声はひそめて、けれど語気は強く尋ねる。

「見えなくなったってどういうことだよ!?」

「んーなんかね、昨日ディズニーランドから帰ってきたら消えちゃったの。あ、マネージャーが呼んでるから仕事戻るね。ばいばーい！」

「えっ、ちょっ、遥!!　もしもし!?」

明るい声と共に、通話は容赦なく途切れた。

オレはしばらく、携帯を持ったまま呆然とする。魚が見えなくなった？　消えちゃったっつったか？　信じられなくて少しの間固まったままでいたら、そんなオレをビビらすようにしてまた携帯が鳴る。液晶を見たら山崎からの着信だった。

「もしもしー、藍ー？　あれ、仕事中じゃないのー？」

能天気ないつもの声が、電話越しに聞こえる。

「山崎！　お前も聞いたか!?」

「えっ、藍も聞いたの？　早いなぁ！　とうとう決断したんだってー。でもこういうのって早い方がいいよねー。そりゃ収入は減るかもしんないけどさぁ、やっぱ思い切りが必要っていうか、」

「……何の話？」

「え？　ヒガシが転職する話じゃないの？」

どうりで意味不明だったはずだ。オレはそうじゃなくて、と話を仕切りなおす。

「遥から連絡あったか？」

「いや、ないけど？」

どうしたの？　と山崎が尋ねる。

「あいつ、魚が見えなくなったらしいんだ」

そういうと、不思議な沈黙が降りた。オレはその妙な違和感が気になって、眉をひそめる。いつもの山崎なら、ええ!? 本当!? すごいじゃんやったね、くらい言いそうなのに。

「……山崎?」

オレはなんだか心配になって呼びかける。彼に黙られると弱い。いつも馬鹿みたいに無邪気でいるのが山崎なのに。それを崩されると、着地点が見えなくなる。

「……あ、ああ、ごめん。……そっか、遥ちゃんも見えなくなったんだ……」

思わず聞き逃しそうになった言葉を、オレは反芻《はんすう》する。

「……遥ちゃんもって?」

携帯を持つ手が、なぜだか震えた。

電話の向こうで、山崎が何か言い淀む。そして、言葉を選ぶようにして口にした。

「ごめん藍。ずっと言えなかったけど、オレもう、見えてないんだ」

「……いつから?」

尋ねた声は、少しかすれていた。

「マサヒコさんの病院に行った日。あの日帰ってから、作りかけだったプラモデルの続きをやったんだけど、その途中でテーブルに足ぶつけた弾みでザクが倒れて、腕取れちゃってさ。いつもならそこで、なんでオレってこんなにアンラッキーなんだろうって落ち込むんだけど、その日はほら、藍が言ってくれたから。お前はラッキーだって」

落ち込む山崎を慰めるために言った適当なフォローが、そんなにも覚えていてもらえるなんて思いもしなかったけれど。

「本当にアンラッキーなら、もっとバラバラに壊れちゃったはずだって思ったら、なんかすごい楽になって。……その後、キビナゴっていうちっちゃい魚が流星群みたいにキラキラ通り過ぎたと思ったら、もう見えなくなってた。気のせいかと思ったし、今だけかもしれないと思って、確信がもてないうちは言わないでおこうって思ったんだ」

他人の不幸まで奪ってんじゃないかと思うくらいアンラッキーのくせに、山崎はあきれるくらい優しい。大学時代からこいつを見てきたオレには、それがよくわかる。

山崎は、言わなかったんじゃない。言えなかったんだ。

胸の辺りを、鈍い痛みが走る。

誰より魚を消したがっていたのはオレだったんだから。そのオレを差し置いて見えなくなっただなんて、あいつが言えるはずない。

「そうか……、」

オレはかろうじて、それだけをつぶやいた。

「大丈夫だよ！　案外あっさり見えなくなるよ！　藍だってきっと、」

山崎は優しい。だからこんな風に慰さめる。

何の根拠があってとか、同情ならお断りだとか、言い返す言葉ならいくらでも見つかった。けれど、それを口にする元気も、見栄も、勇気も、今のオレには湧いてこなかった。ただあるとしたら、山崎に気を遣わせてしまったことが、すまないと思った。

「悪い、山崎。仕事戻るわ」

それでもオレは、根拠のない希望にすがることはできない。

オレは電話を切って、ジーンズのポケットにねじ込んだ。

睨みつけるように仰いだ空を、いつか見たでかいサメが泳いでいた。まるで狭苦しい世界を必死に生きる人間をあざ笑うように、悠々と。

そこからはここに立つオレがどう見える？

尖った背びれは何も答えず、青の空の向こうへ消えていった。

その日、仕事がちっともはかどらなかったおかげで、会社を出たのは日付が変わるギリギリの時間帯だった。それでも繁華街が近いこの場所に、案外人通りは多い。この時間になっても、まだ空気は冷えずに生ぬるく、少し動いただけで汗がにじむ。室外機が吐き出す熱風のせいかもしれなかった。

オレは自宅に向かって大通り沿いの歩道を歩きながら、街明かりで薄明るい空をぼんやりと眺めた。もしかしたらなんていう期待を抱く暇もないほど、そこには魚が泳いでいる。どうしてこんなにも魚が消えることを望んでいるオレの望みが叶わずに、周りの、それこそちょっと楽しんでいたような奴らの方が先に見えなくなるんだ。こんな理不尽なことがどうして起こる。どうして望んだ方に、希望が転がらない。そんなことを思って、オレは自分のみっともなさに吐き気を覚えた。走ってくる車のヘッドライトに射抜かれる。最低だ。友達の幸運を、素直に喜べもしないなんて。

オレは歩道の傍らにあった自販機でコーヒーを買った。冷たい缶は、すぐに空気中の湿気を引き寄せて細かい水の粒を表面に作る。プルタブを引き開けて、口の中へ流し込んだ。苦さが舌に残って、なんだか切なかった。

なんで山崎と遥は、魚が見えなくなったんだろう。何か魚が見えなくなるための要素があることは確かだ。ただそれが先天的なものか後天的なものかはわからない。例えばそれが遺伝子に関わることだったり、血に関わることだったり、そんなものであったとしたら自分の努力でどうにかできるものではない。後天的な要素であったとしても、オレとあの二人とで違うものってなんだ。食い物か、生活か、体型か、体内に飼ってるバクテリアか。いずれにせよ、オレにそれを解明する術《すべ》はない。

切望してやまない未来を、誰かが手に入れる光景。

オレは缶を握る手に力をこめた。

心の許容範囲は、そんなに広くない。

「藍さん」

呼びかけられて、オレは一瞬遅れてそちらに目をやる。ちょうど進行方向、オレを待ち伏せていたかのように、いつもの温和な笑みを浮かべて東三国が立っていた。

「今帰りですか？　随分遅いんですね。まぁ僕も今日はいろいろ残務があって、遅くなったんですけど」

オレたちは、大通りから少しそれた歩道の縁石に腰をおろした。東三国はオレを真似て買ったコーヒーのプルタブを、二回失敗してから開けた。深爪なんです、と言い訳めいたことを言って笑う。

「あー、なんかお前、転職するんだって？」

　オレは昼間の電話で、山崎がそんなことを言っていたのを思い出した。

「そうなんです。結構迷ったんですけど、今しかないかと思って。明日、退職届を出そうと思ってます」

「へぇ。次の就職先見つかってんの？」

　東三国は、確かオレより二つ年下だったはずだ。二十四か。転職するなら、早い方がいい。

「はい、バイトなんですけどね」

「バイト？　イルカ急便は正社員だろ？　いいのかよ？」

「はい、いいんです」

　にこやかに、でもきっぱりと東三国は言い切る。

「次は何の仕事？」

　その言い切り方が気になって、尋ねた。彼からダイビングのインストラクターになりたかったという話は聞いたが、仕事に対する不満や愚痴は聞いたことがない。正社員という安定した道を捨ててまで、選んだ職業ってなんだ。

　東三国は、ちょっと恥ずかしそうにして答える。

「水族館、なんです」

「水族館？」

オレはマヌケのように問い返した。

「知り合いづてに、欠員が出たからどうだって話が来て。餌を運んだり、水温を管理したり、水槽を磨いたり、作業は地味でわりと重労働だけど、潜れなくてもいいからとにかく魚が好きな人に来て欲しいっていう話を聞いて、決めました。給料は今より大分減ります。休日も減るし、定時なんてあってないような職場です。それでも、」

そこで言葉を区切って、東三国は続ける。

「今行かなかったら、一生後悔するって思ったんです」

ダイビングのインストラクターという夢は、もう叶える事ができないけれど、せめて望んだ世界の近くにいたいと思うのは、純粋な欲求だろう。

「そっか……」

オレはコーヒーの缶を持ったまま、隣のプチメタボをまじまじと眺める。その体に似合わず、案外いい根性してんじゃねぇか。

「それより、山崎さんと遥ちゃんから聞きました。二人とも、見えなくなったって。藍さんはどうですか？」

近くのマンションの植え込みの中から、虫が鳴く声がする。オレはポケットから煙草を取り出しながら、少しだけ笑った。

「どうもこうも、ばっちり見えてるけど？　今もほら、なんつーの？　この赤くてでっかいの」

そう言うと、東三国はオレの肩に遠慮がちに触れて、ああ、と納得する。

「アザハタです。結構イカツイ顔してますよね」

その答えで、オレは東三国もまだ魚を見ていることを知る。そうか、お前はまだ見えてるんだな。

「僕、ずっと考えてたんです。こうして見える魚が意味してるものって何なんだろうって」

意外な言葉にオレは煙草に火をつけながら、小首をかしげるようにして東三国を見やる。妙なこと考えるんだな。オレは魚咲草を吸って、見えるようになった迷惑なモノとしか認識してねぇけど。ていうか、それ以上の意味なんかあるか？　ただの幻覚だろ？

「僕たちが見てる魚って、もしかしたら、自分自身が無意識に発信してる、自分へのメッセージじゃないかと思うんです」

「メッセージ？」

「そうです」

東三国は頷いて、彼にしか見えない魚を見上げる。

「遥ちゃんは、好きな人を作ることで自分の価値を見出してきたようですけど、この間野田さんのことにちゃんと自分でケリをつけて、友達っていうものに目がいくようになってから魚が見えなくなりました。山崎さんは、自分のことをずっとアンラッキーだと思ってネガティブに考えていたけど、藍さんの一言で、むしろラッキーかもって発想の転換ができてから、魚が見えなくなりました。単純だけど、そういうことなのかもしれません。魚は、自分からの警告なんです。一歩前に出て、乗り越えろっていう警告」

東三国はそう言って、空中を眺めたままコーヒーを飲む。

「前に藍さんが、ダイビング中の視野と同じように、それぞれが見てる景色が別々なんだろうって言ってたじゃないですか？　それ、たぶん当たってるんですよ。皆、抱えてる悩みやコンプレックスって違いますから。だから、その人にしか見えない別々の景色なんです」

オレは、持っていた缶コーヒーの飲み口に目をやり、そこから地面近くを泳ぐピンク色の魚の群れに目を落とした。そうか、だから、乗り越えた奴だけ見えなくなっていくってことか。

「……でも、だとしたら、イルカ急便をやめて水族館に行くっていう決断をしたお前だって、見えなくなってもよさそうなもんじゃねぇか」

オレは煙を吐き出しながら、素朴な疑問を口にする。このご時世に、正社員を辞めてバイトだぞ？　すっげぇ決意だと思うが。

東三国は、図星を指されたように、少し笑いながら言う。

「僕のは、未練です。未練がまだ残ってるんです。たぶん」

「潜れなくなったことへの？」

「いいえ、」

首を振って、東三国は空を見上げる。

「この景色を、見られなくなることへの未練です」

海の景色を見ながら死ねるなんて、ダイバーの本望ですよ。彼がそう言っていたのを、ふと思い出した。そうか、オレが嫌で嫌でたまらないこの景色も、お前にとっては楽園みたいなものだもんな。

「藍さんも、何か思い当たることないですか？　きっと、それを乗り越えたら見えなくなるのかもしれないですよ」

「思い当たることねぇ……」

オレは考えるふりをして、薄闇の空を見上げながら煙を吐き出す。思い当たることなんかバッチリあるっつーの、なんて、言えるようなキャラじゃねぇんだよ。誰にも知られないように、ひた隠しにしている。自分の気持ちさえも偽って。

「そうそう、そういえば、遥ちゃんのおじいさんの一人に、スーじぃさんっていたじゃないですか？」

急に思い出したようにして、東三国が声をあげた。

「一人だけカツラだったんですよね。僕、それを秘密にしてるのかと思ってたんですけど、カツラを外したところを偶然見ちゃって、」

「え、お前も引っかかったの？」

「藍さんも⁉」

オレたちは、お互い指を差しあって笑った。

「びっくりしました。そして話を聞いたら、昔からハゲてることがコンプレックスで、周囲にはずっと秘密にしてたんだけど、本当はいつかばれたらいいのにって思ってたらしいです」

「そうなの？」

意外な話にオレは思わず問い返す。ずっと秘密にしていたってとこまではオレも聞いたけど。

「はい。偽っていることがとてもしんどかったそうです。でも今更自分から言えなくて、いっそ誰かにばれないかって思ってたみたいですよ。そのスーじぃさんも、藍さんと同じように、触ると他の人と景色を共有することができたみたいで。だからもしかしたら藍さんも……」

そういう彼の視線が、ばっちりオレの頭皮に向いていることに気づいて、オレは苦笑いしながら、東三国の顔面めがけて煙を吐き出した。

「そのネタ、遥の母親にやられてるから」

「そうだったんですか」

二番煎じでしたか、なんて言って東三国は声をあげて笑った。オレもつられて笑った。

缶コーヒーはぬるくなって、日付はとっくに変わっている。この熱帯夜に眠れないクソガキどもが集まっているらしく、どこからか花火の音と歓声が聞こえた。夏の短い夜は、なぜだか少し切なくなる。

「明日、ヒノトさんの店で僕の転職祝いをしてくれるそうです。藍さんも良かったらぜひいらしてください」

そう言って、東三国は帰っていった。オレは気が向いたらなと返事をして、その丸い背中を見送る。秋を待つように虫が鳴いていた。

スニーカーの底を引きずるように歩いて自宅にたどり着き、オレはビールを飲みながら煙草を吸った。東三国の言葉が、ずっと耳について離れない。

魚は、自分からの警告なんです。

警告、か。

テレビから流れっぱなしになっている、深夜のくだらないお笑い番組。編集段階で付け足される笑い声に、今日はつられて笑えなかった。映像を理解しようとすることに疲れて、ただもう眼球から脳へと直通に開けた感覚の中で、鈍感な視聴者のためのテロップがチカチカと点滅する。その光に照らされて、目の前を泳ぐ半透明の魚が微妙に色彩を変化させた。

咥えたままの煙草から、音もなく灰が落ちる。

心からの望みと、なかったことにした夢が交差する。警告だなんて、お前の妄想にしかすぎねえよ東三国。そうだろ？　確信があるわけじゃない。だからオレを追い詰めるな。魚を消すために、自分の一番深いところに眠らせた想いと向き合わなければいけないなんて。

やめてくれ、吐き気がする。

そこにいるのは、無様でみっともない自分なのだから。

積み上げたビールの缶に六本目を追加したら、バランスを崩して缶のタワーは崩壊した。耳障りな音をたてて、フローリングの床に空き缶が散らばる。けれどそれすらどうでもいいことのように、オレはベッドに身体を投げ出した。

眠れない夜は、永遠に明けないような気がしていた。

二

翌日、オレは会社を休んだ。学生時代からいろんなバイトをしてきたが、意外にも人生初の無断欠勤だ。携帯にはオカマの今宮からしつこいほど着信があったが、途中で鬱陶しくなって電源を切った。腹が痛いとか言えばよかったものの、そんな簡単な言い訳もそのときのオレは思い浮かべることができなかった。ベッドの上で煙草を吸いながら午前中の情報番組を見て、ご当地名物の旬の野菜だの、下町の商店街だの、そんなのを紹介するローカルなリポーターの、普段なら絶対笑わないようなダジャレに声を出して笑っていた。

昨夜、いつの間にか眠っていて、目が覚めてからすぐに気づいた。視界に入る魚の数が、昨日より明らかに増えている。もう慣れてしまった魚影が、部屋中どこに目をやってもついてまわる。いつか魚が視界を埋め尽くす日が来たら……という遥の言葉を信じるなら、オレの死期が迫っているということだろう。

こんなときに、律儀に会社へ行って企業の犬をやってられるか。けれどいざ死を目の前に予感して、オレができたことはその程度だった。何か特別やりたいことがあるわけでもない。銀行強盗や、無差別殺人や、そんなものに興じようと思うほど思考を破綻させることもできない。結局ずっと社会に飼いならされてきたのだ。今更野生に返されたところで、生きていく術も目標も持ち合わせていない。

ただ、唯一の未練があるとすれば涼子のことだった。こんなときだけすがろうとして、勝手に癒されたいと思う自分勝手な考えだとわかっていたけれど、今のオレにはそれしか方法が残っていなかった。昼過ぎになって、携帯の電源を入れて涼子に連絡を取ろうとしたけれど、仕事中なのか電話には出なかった。時間ができたら連絡をして欲しいというメールだけ入れて、オレは外に出ることにした。行き先は決めていない。ただ、この部屋で増える一方の魚を眺めていることが馬鹿馬鹿しくなっただけだ。

朝から煙しか食っていないのに、不思議と腹は減らなかった。近所のコンビニで立ち読みをして、レンタルビデオ店で涼んで、百貨店をうろつき、ゲームセンターを覗き、遊泳禁止のあの海岸にたどり着いた頃には、陽が傾いていた。

海からの風はぬるく、髪の毛や服にまとわりつくようにして吹き抜ける。馬鹿みたいに爆笑しながらここを走っていたのは、つい数日前だ。それから今日までの間に、遥と山崎の魚が消えるなんて誰が予想できただろう。

オレは堤防に腰を下ろして、片膝を抱えるようにしてそこに顎を乗せた。ジーンズ越しに、コンクリが蓄えた熱が伝わってくる。夢中になってトイカメラのシャッターを切った、あの日が嘘のようだった。何も考えず、ただ自分の求めるままにその瞬間の景色を切り取っていたあの時間。紅の夕暮れを泳いでいたマンタ。

気温は下がらないまま、見上げた空は徐々に淡くなり、目の前を一匹のフグが通り過ぎた。あれってなんていうフグだっけ？　オレは丸くて白いフグの腹に目をやる。こうして魚が見えるようになる前は、フグなんてただのフグとしか認識していなかったのに。何種類もあるなんて、あの元ダイバーに出会わなければ一生知らなかったかもしれない。

オレはポケットに手を突っ込んで煙草を探した。くしゃくしゃになったソフトケースから最後の一本を取り出す。魚は警告だという東三国の推理が正しかったとしたら、この景色が見られなくなることへの未練、それを断ち切れば、きっと彼の魚も見えなくなるんだろう。そしてそれは、たぶんそう遠くない未来だ。そうしたら、

魚を見るのは、オレ一人。

そう思ったら、急に寂しくなった。オレに触れば共有することのできた景色を、誰も見ることはない。誰も共感することはない。こんなことなら、あの時皆に夕暮れのマンタを見せておけばよかった。ひとつでも多くの景色を、一緒に眺めておけばよかった。魚を見ているのが自分だけじゃなくてよかったと言っていたスーじぃの気持ちが、今ならよくわかる。

たった一人、取り残されていく。

その寂しささえ口に出せずに。

そんなオレのことを、孤高のキャラを演じているくせに、実は心細くて理解して欲しい天邪鬼だと山崎は言った。抱えている想いが、いっそばれたらいいのにと思っていたスーじぃとオレは、よく似ているのかもしれない。

寄り添って欲しいくせに、拒絶する。

それでもなお触れてくれた人にだけ、心の内をそっと垣間見せる。自分が抱えてい

る痛みを、自分にしか見えない想いを、魚という形に変えて。

オレはそんな思いを紛らわせるようにして、煙草に火をつけた。

たとえば遥なら、ずるいとかうらやましいとか寂しいとか、率直に口に出すだろう。山崎だって同じだ。なんでどうして？　オレもそうしたい！　とか、疑問や希望をそのまま口にする。おとなしそうな東三国だって、思えば出会い頭にタックルをかましてきた男だ。望むものを手に入れるための勇気をちゃんと持っている。そしてヒノトは、いつでもあるがままを受け止めている。それは逆らわないんじゃなくて、嵐にも屈することなくしなる大木のように、凪《なぎ》になれば再びちゃんと元の姿を取り戻して、その度に強さを身につけていく。

オレだけか。

吐き出した煙が、溶けるように消えていく。

オレだけが、立ち止まっている。

「……あの煙草のせいだ」

オレは空を泳ぐ魚を眺めながらつぶやく。あの煙草さえなかったら、こんなことにも気づかないですんだ。なかったことにした想いを、再び思い出す必要もなく、このままひっそりと消せてしまえたのに。

あの煙草が、交差させた人生。

それをまた、なかったことにする気か？

何かを堪えるように、オレはしかめ面で砂浜を眺める。そこに浮かぶ残像。こんな風にみんなではしゃぐのは初めてだと言った遥。

だからいっぱい撮ってね！　絶対宝物にするから！

寄せては返していく波の音。

起こってしまったことや出会ってしまったことを嘆いて何になる？　そう言っていたヒノトの透明な双眸。巻き添えにしたのに文句すら言わなかった山崎。

僕、ここ最近ずっと楽しいんですよ。こんな風に友達ができたの久しぶりで。

確かお前はそう言ったんだ、東三国。

オレは煙草を咥えたまま立ち上がる。

そうだ、もうなかったことになんかできない。

あの夕暮れのビーチは、もうカメラに収めてしまった。

オレは魚が泳いでいく空を仰いだ。吐き出した煙が、蒸し暑い空気に溶ける。そしてふと気になった。この景色に未練があると言った東三国は、その気になればその未練を断ち切らなくてもよかったはずだ。この景色を見ながら死ねるなら本望だと、そこまで言っていたのに。放っておけばその望みは叶ったはずだし、魚や海関係の仕事に就くならもっと早くに選択する機会があったはずだ。

そうだ、それなのにどうして今になって、わざわざ自分を苦しい方に追い込もうとする？

その疑問符が思いがけずオレの胸を突いた。死を目前にしたって、オレは会社を休むことぐらいしか思いつかないのに。マダラトビエイの群れを見て泣いてたあの東三国が、死ぬとわかっていても魚を見ることを望んだあいつが、そこから抜け出そうと思った想いってなんだ？

オレはほとんど無意識に堤防から道路へと飛び降りた。なんだか無性にそれが知りたくてたまらなかった。それがわかれば、自分の中の何かが明確になりそうだった。

オレは携帯で時刻を確認する。今日は確か、転職祝いをすると言っていたことを記憶の中から引っ張り出す。

「……転職祝いって、普通就職祝いとかだろーが」

ふと冷静につぶやいてみて、オレは迷わず歩き出した。

「藍！」

店先に現れたオレを見つけて、山崎が嬉しそうに叫んだ。オレは来る途中のディスカウントショップで買った一ダースの缶ビールを持ったまま、平静を装って、おう、と手を上げる。店の中には山崎以下四名が勢ぞろいしていた。昨日気まずく電話を切ったことは、山崎の中ではすでにリセットされているらしく、さほど特別なそぶりも見せない。一度寝たら細かいことは忘れてしまう、そういう性格にオレはいつも救われていた。

「来てくれたんですね」

東三国が、嬉しそうに笑った。オレはビールを押し付けながら答える。

「気が向いたんだよ」

「ありがとうございます」

オレが来たことへか、それともビールへか、わからない礼を言って東三国はやっぱり笑う。

「ねぇ、さっきクロマティから聞いたんだけど、藍ちゃんもここの店来たことあったの？」

店の真ん中にどこからか出現した、気持ち悪いペイズリー柄のクロスがかかった丸テーブルに料理を並べるのを手伝いながら、遥が尋ねる。テーブルにはチキンの丸焼きから始まって、ローストビーフや握り寿司やピザや、とにかくめでたい料理が並んでいる。つーか店として営業する気がちっとも感じられねぇ。まだ七時前だっつーのに。せめてシャッターおろしてからやれ！

「……ていうか、クロマティって誰よ？」

元巨人軍か！　オレが心中突っ込んでいる間に、店の奥からオレオレオレ！　と言いながら、サラダを持った黒人店員が出てくる。出たな、ヒノトの兄貴。

「いやーこんな偶然あるもんやなぁ。遥ちゃんがここで煙草の巻紙セット一式と魚の煙草買っていって、そのパッケージに詰めなおしたやつを持って、藍ぽんがここに来たんや。運命っちゅーの？　信じそうになったわ～」

「ここで買ってたのかよ……。つか、ぽんって何だ！」

「かわいいやろ？　味ぽんみたいで」

「オレは鍋の供か!!」

「サンコン、あのワインも出しちゃおうよ！」

「せやなぁ、もう冷えたやろ」

オレの抗議などお構いなしに、山崎が兄貴と話を進める。つーかさっきクロマティって呼んでなかったっけ!?　あだ名だとしたらどいつもこいつも安易すぎだぞ！　オレがギリギリ歯を鳴らす勢いでしかめ面しているところに、ヒノトがぽいっとワインオープナーを投げてよこす。

「暇なら開けてよ」

きょろりと丸い目玉がオレを捉える。お前の態度はいっつも変わんねぇな。オレは憮然と眺めた彼女の背中越しに、レジがあるカウンターの奥の壁に一枚の写真が飾られていることに気づいた。柔らかな薄青の空に飛ぶ二羽の鳥を、真下から捉えた写真だった。柔らかな流線型のシルエット。なんとなくそれをどこかで見たことがあるような気がしながら、オレは山崎から手渡されたワインの封を開ける。コルクを引き抜くときの、軽い手ごたえ。

「そんじゃあそろそろ始めますか！」

兄貴がそんなことを言って、オレたちはそれぞれ、パイプ椅子だったり革張りの椅子だったり、とにかくテーブルとセットじゃないことは一目でわかる寄せ集めの椅子に腰掛ける。オレが開けたワインが普通のガラスのコップに注がれて、ちょっと葡萄《ぶどう》ジュースみたいに見えた。そして、では改めましてーなどと言って、兄貴が咳払いをする。

「東三国くんの新たな人生の旅立ちに、乾杯!!」

「かんぱーい!!」

合わせたグラスが、がちゃがちゃと空中で鳴る。なんだかお誕生日会か何かのようで、オレはちょっとだけおかしくなって笑った。何だこのアットホームさ。

「じゃあ、食べる前に主役から一言どうぞー！」

どこかの芸人のようなノリで、兄貴が東三国をうながした。山崎と遥が拍手と口笛ではやしたて、東三国はちょっと照れながら立ち上がる。

「ええと、今日はわたくしのためにこのような盛大な会をひらいていただき、」

「カタいカタい！」

「ヒガシリラックス！」

野次が飛んで、東三国は困ったように頭をかいた。そして、言葉を選びながら話し始める。

「今日、退職届を出してきました。受理されれば有給休暇を消化して、来月末でイルカ急便を退社になります。水族館へはこの週末にでも挨拶に行って、来月から少しずつ仕事を教えてもらおうと思ってます」

続けようとした東三国の言葉をさえぎって、オレはちょっといいか？　と手を挙げた。全員の視線が自分へと注がれる。それでも今は、尋ねずにはいられなかった。

「元ダイバーのお前にとって、今の景色を見ながら死んでいくのは本望だったはずだろ？　何もしなくても、魚に囲まれながら素直に死ねたかもしれない。それなのになんで今になって転職しようと思ったんだよ？」

幻覚よりも、現実の魚を見ていることを選んだってことか？　そうだったとしても、そう思ったきっかけが知りたかった。そのきっかけで、東三国は行動を起こしたのだから。

「……僕がダイビングのインストラクターになりたかったのは、海の中の素晴らしさをいろんな人に伝えたかったからなんです」

言葉を選びながら、東三国は話し始める。

「でも遥ちゃんの島に行って、何も海の中を一緒に潜って案内することだけが、海の素晴らしさを伝える方法じゃないって気づかされました。方法はいろいろあったんです。ただ僕が固執していただけで」

そう言われて、オレはあの島で見た、浅瀬でシュノーケリングをする子どもたちを思い出した。まだダイビングができる年齢に達しない子どもたちが、浅瀬を潜りながらあげていた笑い声と歓声。それを見守り、一緒に小さな生き物の名前を教えていたかおりさん。たぶん今まで、東三国が見向きもしなかったやり方。

「僕が本当に見たかったのは、海の世界を知った人たちの笑顔なんです。楽しかった、すごかったって言いながら、目を輝かせて笑う、笑顔なんです」

そう言いながら、東三国は自分だけに見える魚を追うように、視線をめぐらせた。

「潜れなくてもいい。ただ、僕が見た海の中の空を誰かに伝えていきたい。そう思ったら、このまま魚を見続けて死んでいくなんてまっぴらだと思ったんです。自分の本当の夢を忘れるところでした。水族館は海中の擬似体験でしかないですが、それをきっかけに抱く夢もあります。それを叶える手伝いができるなら、それこそ僕の本望です」

マダラトビエイの群れに涙していた彼が、その瞳に宿した決意。潜れなくてもいい。それは、この景色との決別の言葉だ。その胸に生まれた新たな夢を、こんなにも晴れやかな顔で語っている。山崎たちにはやし立てられて、東三国が照れたように笑った。ちょっとカッコつけました、なんて自供して。オレはそれを、分厚いガラス越しに見るようにして眺める。まるでオレだけが別の世界にいるような気分で、感覚が遠い。狭い水槽の中で、外の世界へ自由を焦がれる魚のように。

見せつけられる。

あきらめきれなかった夢に、風穴を開けるようにして、彼が選んだ覚悟と、未来を。

「相変わらず変な人だね」

オレが受けた言葉にしがたいショックなんかにはおかまいなしに始まった宴会の中、隣の席でピザを取り分けていたヒノトが口を開く。

「あんなことが気になってたの？　他人の決意なんか聞いて参考になる？　あんたのことはあんたじゃなきゃ決められないのに」

相変わらず見透かしたような目が気に食わなくて、オレはヒノトが口に入れようとしているピザに嫌というほどタバスコをかけてやる。

「あんなことで悪かったな」

オレにはオレの歩調があるっつーの。赤く染まったピザに目を落として、ヒノトが片眉をはねあげる。

「あんた……あたしのピザへの想いを踏みにじったね……」

「チーズに告白でもすんのかよ」

珍しく怒気を見せたヒノトが面白くて、オレは無事なピザをほおばりながら笑った。

肉食獣の目でキッとオレを睨みつけ、ヒノトがオレの顎をつかんで直接タバスコを口に入れようとする。やめんか！　ていうかお前そんなキャラだっけ⁉

「今日は朝まで飲むぞー！」

すでにご機嫌になった山崎が、東三国の首を抱え込んで叫んでいる。

「山崎くんペース早いわぁ！」

「酒にのまれるタイプなんだねー」

兄貴と遥がのん気にそんなことを言って、サラダを取り分ける。そして東三国は、山崎さん飲みすぎですよなんて言ってちょっと止めたりもしながら、やっぱり楽しそうに笑う。そして、

「あ、」

不意に、つぶやいた。

「何？」

気づいた遥が問いかける。オレもヒノトも、皆が東三国に目を向けた。彼の目線が戸惑うように空中をさまよって、降りてくる。

「消えた……」

呆然と、それだけを言った。

その瞬間、オレの中で形のない何かがじわじわと這い上がった。消えたって何が？なんて尋ねなくてもわかる。東三国は、笑っているのか泣いているのかわからない複

雑な表情で告げた。

「……魚が、消えました」

ええぇ！　本当!?　やったじゃんヒガシ！　という、山崎たちの歓声。

オレは目を閉じた。その瞼《まぶた》の裏に映る魚の残像。

ああ、とうとう一人だ。

三

午後九時を過ぎた頃、まだヒノトの店で飲み続けている山崎たちと、明日朝早いからとかいう理由をこじつけて別れ、オレは明るい繁華街の中を突っ切って歩いていた。

正直、オレ以外全員の魚が消えたという状況に、平静を装っていることができなかった。喜んでやりたいのに、どこかで羨んでいる自分が無様で、格好悪くて、情けなかった。オレは酔っ払いや客引きの男たちの間をゆるゆると歩く。いかがわしい店のネオンがまぶしくて目をそらした。行くあてなどなかったし、家に帰る気もない。ただ人混みの中に紛れて、孤独であることを忘れたかった。たとえそれが偽りの安堵だったとしても。

ほら、まただ。オレはネオンの色に染まる魚を見上げながら思う。また、逃げ出した。オレ以外全員の魚が消えたのに、自分だけが取り残されて、その状況から逃げ出すことでまたなかったことにしようとしている。そうでなけりゃ、ただの悲劇のヒーロー気取りか。いや、案外ヒロインかもしれねぇなあ。悲しみにくれていればどこからか、白馬に乗った王子様が迎えに来てくれると信じている。そんな都合のいい展開なんかあるわけないと、拒絶するように扉はきっちり閉めるくせに、もしかしたらと小窓から確認しているいやらしい奴だ。ああスーじぃ、今ならちょっとだけ気持ちがわかるぜ。あんたもそうだったんだろ？　この小窓を見つけた誰かが、そこから救い出してくれたらいいと願っていたんだ。

キャバクラの客引きの黒いタイ。ホストの逆立って痛んだ茶髪。店先に立つ、きらびやかなドレスから覗く細腕。ふかした煙草の煙。そんな物を視界に捉え、留めることなく流しながら歩き、その人混みの中で、オレは正面から歩いてくる涼子を見つけた。ジーンズのミニスカートにシフォン生地のチュニックを合わせて、手にはブランドバッグ。こんな時間にこんなとこで何やってんだ。そういえば携帯にずっと連絡がなかったことを、ようやく思い出した。オレはいつものように声をかけようとして、その傍らに男がいることにようやく気づいた。その業界に疎いオレですら顔を知っている、有名なカメラマンだった。二人は人目もはばからず腕を組んで身体を寄せ合い、そのままホテルの中へ消えていった。

「……え、」

つぶやいた声はかすれていた。オレはその場に立ち尽くし、後ろから歩いてきたおっさんがオレの肩にぶつかって、鬱陶しげな目を向けて立ち去る。衝撃が走った肩にじんわりと痛みを感じて、オレは無意識に手をやった。

涼子？

西洋の城を思わせるような塀に囲まれた、ホテルの入口に吸い込まれていった姿。

涼子？

オレが最後に見たのなんかいつだろうと思うほど、甘い笑顔だった。

あ、そうか。

怒るとか泣くと叫ぶとか、追いかけるとか連れ戻すとか、そんな感情より先に、オレはなんで涼子と付き合うことにしたのかを思い出していた。

オレは、よく笑うあいつが、好きだったんだ。

そうしたら、なぜか目の前で起こった全てのことに納得がいった。

よく笑うあいつが好きだったのに、いつの間にか彼女を構成するいろいろなものに目を奪われて。なんで付き合ってるのかわからないなんて、勝手なことを思って。自分からすがって連絡をしたくせに、その返事がないことに今まで気づきもしないで。

今の自分に、彼女を責める権利なんてあるか？

オレは肩に手をやったままのろのろと歩き出した。修復するほどの関係も、もしかしたら築けていなかったのかもしれない。それならもう、二人が恋人同士でいる意味はないような気がした。なんのために一緒にいたのか、それすらわからなくなってくる。今まで目の前を覆っていた都合の良い景色を、すべて剝ぎ取られた気がしていた。突きつけられた現実に息苦しくなる。寂しい、と思った。悲しいとも思った。そしてその感情は、すげえ身勝手なことに、一歩歩くごとに重くオレにのしかかる。

あの日、玄関から出て行く涼子の姿が脳裏をよぎった。どうしてあのとき、きちんと向き合って話をしなかったんだろう。お互いの願望を押し付け合うばかりで。

頑張れよ。

せめて、そう言ってやればよかった。

うわべだけじゃない彼女のことを、もっとわかろうとすればよかった。

そしてそのことは自分にそのまま跳ね返る。

オレは薄墨の空を見上げた。真夏の夜空に、ありえない雪が降っている。指先ほどの大きさの、とても小さなクラゲの群れだ。それが夜空一面を覆いつくしていた。音もなく、ただしんしんと降る雪のように。

その光景に、オレは奥歯を嚙み締める。

踏み込まれるのを怖れて扉を開けなかったのは、オレの方じゃないか。

何のために、オレは人とつながろうとしたんだろう。心すら許せていなかったのに、何のために傍らに彼女を必要としたんだろう。見栄か？　体裁か？　単なる欲望の吐き出し口か？　涼子だって、薄々それを感じていたんだろう。そこにどんな思惑があるかは知らないが、所詮オレは彼女の中で、他の男と寝てもいいかと思わせる存在だったということだ。

最低なのは、どっちだ。

視界がぼやけて、ただでさえ淡いクラゲの雪がますます滲み、オレは自分が泣いていることに気づいた。みっともなくて、すぐに腕で拭う。目立たないように道の端を歩いた。大の大人が道端で泣くんじゃねぇよ。遥のこと怒れないだろ。そんな突っ込みを自分に入れながら、鼻をすする。そしたら不意に、ジーンズのポケットで携帯が鳴った。液晶が山崎からの着信を知らせている。

「……もしもし？」

オレは鼻声を悟られないように普段どおりを装って出た。

「あ、藍？　あのさー、もう家帰っちゃった？」

「いや、まだだけど？」

山崎の後ろからは笑い声が聞こえてくる。オレは少し奥まった、人通りの少ない路地で、歩道の縁石に腰掛けた。

「戻ってこない？　やっぱ藍がいないとさみしーよ。突っ込み役がいなくってさー。みんなボケなんだもん」

「ちょっと山崎さん！　みんなボケってどういうことー!?」

「えっ！　遥ちゃん自覚ないの!?」

「遥はボケだよね」

「ヒノトまでそういうこと言うー！」

「そんなわけで」

山崎から携帯を回されたらしい東三国の声がした。

「みんな待ってます」

オレは涙を堪えようとして何度も瞬きをしたけど、所詮無駄な抵抗だった。

「……でも、」

彼女とのつながりすら無意味だったことを思い知った今の自分に、一人だけ魚から解放されない今の自分に、確固たる居場所なんて見当たらない。

「藍さん、もしも今、孤独だと思ってるなら大きな間違いです」

電話の向こうで、東三国の落ち着いた声がする。その向こうで、何かをひっくり返したらしい歓声。あーほら藍ちゃん山崎さんが壊れちゃってるから早く来てー！　なんて叫んでる遥の声。

「独りの人に、こんな電話はかかってきませんから」

そんなことを言われて。

やばい。

オレは雪の降る空を見上げて鼻をすすった。

「……しょうがねーな」

すぐに戻ってやると偉そうに言って、電話を切った。それ以上しゃべっていたら、泣いていることを悟られそうだった。妙な縁でつながった奴らだ。今更拒む理由もない。オレの魚が消えないなら、最後まで付き合わせるのも悪くないだろう。そんな強がりで自分を騙しながらも、本当はわかっていた。嬉しかったくせに。

元来た道をたどりながら、オレはクラゲが舞う空を見上げる。ネオンが交差するビルの谷間に降る、オレにしか見えない、淡くて儚《はかな》い真夏の雪。

「なんていうクラゲなんだろうな、コレ……」

今度はちゃんと、東三国に聞こう。そう決めて、オレは少しだけ足を速めた。

第四章　魚の未来

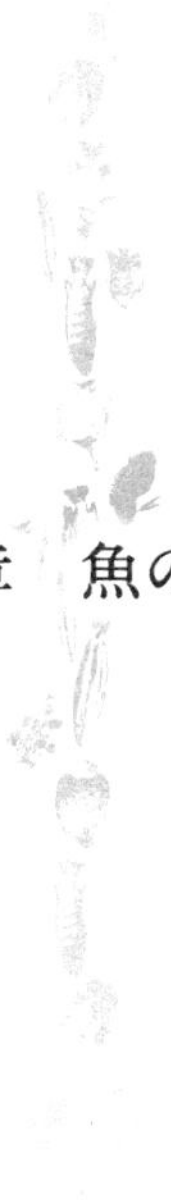

一

翌日、ほとんど朝帰りのような状態で家に帰り、二時間ほどの失神ともいえる睡眠の後、オレは会社に出勤した。

ヒノトの店に戻ってから、山崎たちと一番無茶をした大学の頃を超える勢いで酒を飲みまくったおかげで、絶望感からはちょっとだけ救われていた。魚は今日も元気に視界を泳いでいる。もしかすると、じじいになるまでこうである可能性もある。それならやっぱり、食うために働くことは必要だという結論に至った。明日死ぬとわかってれば話は別だが、今のところそんな予報も出ていないしわからない。

二日酔いのせいで体調は最悪だった。今日首を締め上げられてダーマトの餌食になれば、魚が視界を埋め尽くす日を待たずして間違いなく死ねる自信がある。そんなことを思いながらふらふらの脚でエレベータに乗り込んだら、ちょっと待って！　という太い乙女の声が聞こえて、オレはかろうじて開ボタンを押した。

「助かったわ、なかつん！　ここのエレベータっていまいち反応遅くて、タイミング逃すと待ちぼうけでしょ？」

ごついガタイにパステルイエローのTシャツを着て、今宮が花柄のハンカチで汗を拭いながら駆け込んできた。オレはその振動にこめかみを押さえながら、そういえば昨日電話をくれていたことを思い出す。精神状態がおかしかったとはいえ、心配をかけただろう。

「あー、今宮、昨日、」

「大丈夫よ」

オレが言い終わらないうちに、今宮がウィンクしながらオレの肩をちょんと触る。

「たまにはずる休みもしたくなるわよ。無事ならいいの。モリリンには体調が悪いみたいって言っておいたから。アメリカ旅行も近くてご機嫌だから、大丈夫」

ハンカチで忙しなく顔の汗を拭いながら、今宮はハートマークを飛ばしそうな勢いで微笑む。まさかそんなことになっているとは思わなくて、全身の筋肉を辱められる覚悟だったオレは、しばらく口にするべき言葉をさがした。

「……ありがとう」

そして結局、それだけを言った。

「あん、いいのよ。お互い様。その代わり今日はどっさり仕事たまってるからね！」

そう言って今宮がオレの背中を叩き、脳天まで響く衝撃にオレは思わず嘔吐いた。

「やだ！　ほんとに調子悪いの!?」

「……いや、ただの二日酔い」

「まぁっ！」

まぁって。乙女でも最近使わない単語だぞ。オレはなんとなくおかしくなって、でも笑うと頭が痛くて、笑ってんだか泣いてんだかわからないちぐはぐなオレを見て、今宮も笑っていた。

「……おはよーございます」

すでに出勤していた森ノ宮女史に声をかける。眼鏡の奥の鋭い双眼がぎらりと光って、オレを捉えた。それだけでオレはもう、蛇に睨まれた蛙《かえる》状態だ。昨日の突然の欠勤は言い訳できない。今日ばかりはどんな暴力も受け止めねばなるまい。つーかいつも受け止めてるけど！

「体調を万全にしておくのもプロの仕事だろ」

「はい、すいませんでした」

直立不動のまま、オレは謝罪する。感謝だ今宮。お前の機転がなかったら、オレは今日が命日だ。

「この間はこの間で突然有休とりやがって。さっさと昨日の分取り返しな！」

「はい！」

その自分の返事にこめかみを押さえながら、オレは自分のデスクへと移動する。そしてふと気づいて、もう一度森ノ宮女史を振り返った。

「眼鏡、」

森ノ宮女史が、ちらりと顔を上げる。その姿を正面から確認して、オレは口にした。

「眼鏡変えたんですね」

今までそんなことには一度も目がいかなかったのに、今日はなぜだか視界のフィルターが外れたように、鮮やかに目に飛び込んだ。

「まっ！　すごいわなかつん、よく気づいたわね！　つるっちなんか気づかなかったのよ」

森ノ宮女史へコーヒーを運んできた今宮が声をあげる。

「昨日変えていらしたの。前のよりクールだと思わない？」

そう言いながら、今宮は専用カップに淹れたコーヒーを女史に手渡した。森ノ宮女史はそれを受け取って、何も言わずに再びパソコンのディスプレイに目を向ける。

「よく似合いますよ」

そう言うと、森ノ宮女史はしばらく黙った後にキッとオレを睨みつけ、仕事しな！

と一喝した。だけどそこに、いつもの迫力はない。

「照れてる照れてる」

うふふと笑いながら、今宮はオレのデスクにもカップを置いていった。いつも淹れてくれるコーヒーかと思えば、インスタントの味噌汁が入っていた。

「二日酔いには、ね」

小声でそう言って、今宮は鶴橋にもコーヒーを渡し、自分の席へと帰って行った。

「ありがとな」

ごつい背中に声をかけて、オレはふと、いつから今宮がこんな風にコーヒーを淹れてくれるようになったのかを思った。いつの間にか、朝出勤すると何を言わなくても淹れてくれていた。それがいつからか当たり前のように感じていたけれど、本当はもっと、感謝をしないといけないことだったんじゃないのかな。

「……ん、……中津さん」

パソコンを起動させながら二日酔いの舌に味噌汁を感じていると、鶴橋に結構な至近距離からぼそりと呼ばれて、オレは思わず体をのけぞらせた。

「な、なんだよ？」

相変わらず首もとのヨレたTシャツの彼に、オレは恐る恐る尋ねる。

「……営業から、……」

猫背のまま、鶴橋は最小限の動きで書類の入ったクリアファイルを差し出した。言葉が足りないが、おそらく昨日営業から預かっていた案件だろう。

「あ……ああ、悪い。ありがとう」

何の告白をされんのかと思ったじゃねぇか。クリアファイルを受け取ったオレは、やけにその束が分厚いことに気付いた。

「なぁ、これ全部オレの？　お前の担当分も入ってんじゃねぇの？」

自分のパソコンに向かってマウスを動かしていた鶴橋が、ディスプレイに目を向けたままぼそぼそと答える。

「……僕のはもう、除《よ》けましたから、……」

「あ、そう」

休んでる間にえらいことになった。営業の奴ら嫌がらせか。よりによってこんな体調の日に。オレはクリアファイルから制作依頼の用紙を取り出して目を通す。そして、そこに長堀の名前を見つけ、オレは彼が相談に乗って欲しいと言っていたことを思い出した。そうだ、せっかく頼りにしてもらっていたのに、こっちのプライベートの事情で随分不義理をしたような気がする。

「……それから、」

用紙に見入っていたオレに、再び至近距離で鶴橋が呼びかける。その距離やめろ！　ビビるだろうが！

「僕今日、早めに……あがります……」

「あ、ああ。……どっか行くの？」

何気なく尋ねると、鶴橋はちょっと嬉しそうに笑った。残念ながら、決して爽やかな笑顔ではなかったけど。

「……リリカの、イベントがあって……」

鶴橋は愛しそうに、リリカのフィギアを見せてくる。いつもは境界線侵犯の罪で放り投げるだけのそのフィギアにふと目を留めて、オレはあっと声をあげた。

「これどっかで見たと思ったら、遥が着てたな」

野田部長を追ってあいつが会社にやってきた日、本人は変装のつもりだったあのTシャツのプリントだ。確かマニアしか来ない店で店長に勧められて買ったとかいう。

「え、……その人リリカのTシャツ持ってるんですか？　それ何色でした？」

なんだか鶴橋が急に身を乗り出して食いついてきて、オレは若干ビビリながらあの日の記憶を手繰り寄せた。

「確か、ピンクだったと思うけど？」

「す、すごい……それ、超レアですよ！　関係者にしか配られなかった垂涎《すいぜん》ものですよ！　市場になんてほとんど出回ってないのに……！　何者ですかその人」

いつもの彼からは考えられないほど目を輝かせて、鶴橋はぐいぐい迫ってくる。

「な、何者かと言われると――……」
ス、ストーカー？　ただヒノトの雑貨屋で煙草製造機を買ってるくらいだから、案外妙な店をよく知ってるのかもしれない。
「な、中津さん、その人がもし、もしですけど、そのＴシャツ、売ってくださるって言うんなら、」

生唾を飲んで、鶴橋が顔を近づけてくる。オレはあまりの近さに、思わず椅子ごと後ずさった。

「わ、わかった。言っとく！　言っとくから！」

「絶対ですよ……リリカに誓ってください」

「お、おお」

「仕事しろお前らー!!」

森ノ宮女史からの檄《げき》が飛んで、オレたちは慌てて仕事に取り掛かった。そういや校了も迫っている。てか鶴橋の奴、案外普通にしゃべれるんじゃねぇか。オレは前向きなため息を吐いて、長堀の癖のある字の依頼書に目を向ける。そして社内メールのアドレスで彼の名前を探しながら、マグカップの味噌汁をすすった。

二

本当は、誰よりもコンプレックスを抱えている。

オレは、昔から何かに夢中になったことがない。それなりに頑張ったことならいくつかある。満足いく結果を残したことも何度かある。けれど、理性や見栄や、そんなものをかなぐり捨てて、必死になったことがない。興味があることも、叶うことが難しいとわかると急に冷めたふりをして途中でやめてしまう。自分よりも優れた人が傍にいると、比べられる自分が惨めで、飽きっぽいとかそんな言い訳で取り繕って、結局投げ出してしまう。

本当はそれをやり続けるだけの度胸と力がなかったくせに。

その現実を受け止める度量がないだけのくせに。

どんなに親しくなった人にもそのコンプレックスを知られたくなくて、一線を引いたまま扉を開けなかった。自分が傷つかないために、小さなプライドを保つために、創り上げた狭い世界の均衡をなんとか保っているばかりで、そんな自分にも気づかないふりをして。

それなのにオレは、図々しくも、そんな自分を丸ごと理解して、優しくしてくれる人を探していたんだ。

そんなこと、口にしないと伝わらないことばかりだったのに。

自分が向き合わないと、変わらないことばかりだったのに。

八月下旬になって、まだまだ猛暑が衰えることのない週末、オレはモデルの仕事を終えて帰ってきた涼子をマンションの前で捕まえた。あれからずっと、忙しさにかまけて引き伸ばしていたことを告げるために。

「別れよう」

有名カメラマンとホテルに入っていくのを目撃して以来、電話してもメールしても返事がない相手に、今更言うのもおかしな言葉だと思ったが、オレは久しぶりとか元気？　とか、そんな言葉を発する前に、それだけを言った。シンプルなキャミソールにストールを巻き、日傘を差した涼子は、無表情のままオレを見返す。アイラインを入れた目が、いつもより大きく見えた。二人の間の不自然な距離を、コバルトブルーの小魚の群れが通り過ぎる。

「……それだけ？」

短い沈黙の後、涼子はそう尋ねた。

「それだけを言うために待ってたの？」

朝からマンションを訪ねて、居ないことがわかると、今までのスケジュールの法則からいってバイトじゃなくて撮影だなと予想した。それなら昼過ぎには戻ってくるだろうと、遥を責められないストーカーのようにずっとマンションの入口に張り付いていたオレを、見透かしたように涼子は言った。馬鹿にするように少し笑われても、オレは不思議と腹は立たなかった。そりゃそうだな、普通気持ち悪い。変に納得して、オレは頷く。

「うん、待ってた」

涼子の表情が、一瞬戸惑ったように揺らいだ。

「今までごめん」

口にした言葉は、湿気の多い夏の空気に滲むように溶けた。

「……ずるいよ」

いつもの強気な目を伏せて、涼子はつぶやくように言う。

「絶対、このままフェードアウトだと思ってたのに」

涼子の言葉に、オレは頷いた。今までのオレだったら、間違いなくそうしていた。

面倒なことはごめんだ。別れ話ほどパワーを使うものなんかない。たぶんそれは涼子も思っていることだ。だからこそ彼女はもう電話も取らなければ、メールも返してこなかった。何事も無かったように、お互いの人生から抹消されていく。そんな別れでいいと思っていた。ていうか、オレはずっとそうしてきた。不都合なことは、ずっと〝なかったこと〟に。

でも。

「オレお前のこと好きだったよ」

その気持ちが大きいとか小さいとか、純粋だとか不純だとか本能だとか理性だとか、そんな細かいことを言い出したらきりがないけど。それでも数十年の人生の中で、一緒に時間を過ごした人だから。

「だから、ちゃんと言いたかった」

もう一緒に歩いていくことはできないけど、人生から抹消するなんて、寂しすぎるじゃねぇか。本当はこんなことを告げるのは格好悪いし、面倒だし、なんか未練がましい感じがしないでもない。でもたぶん、今口にしていることがオレの素直な気持ちなんだろう。ずっと彼女に向き合えなかったのに、別れを切り出す言葉が一番正直だなんてちょっと皮肉な感じもするけど。

涼子は、少しだけ笑った。小首をかしげるように笑う、オレの好きな笑い方だった。

「藍、なんか変わったね」

「そうか？」

「うん、変わったよ」

涼子は、どこか懐かしそうに笑う。

二人の間を、魚たちがゆっくりと泳いでいく。

やり直そうという選択肢は、もう二人の中にはない。それだけは確かだった。

それからオレたちは、お互い言葉を探したけど結局見つからなくて、それじゃあとか、そんな曖昧な言葉で別れを告げた。驚くほどあっさりして、短い別れだった。

「藍！」

歩き出したオレの背中に、涼子が呼びかける。振り返ると、涼子は満面の笑みで叫んだ。

「来月から雑誌の専属モデル決まったの！　見てねー!!」

見てねって、女性ファッション誌をか？

心中で突っ込んでおいて、オレは叫び返した。

「頑張れよ！」

ちょっと意外そうに目を見開いた涼子が、頷いて笑う。

よかった。最後に、ちゃんと言えた。

再び背を向けて歩き出しながら、オレは煙草に火をつける。気温とは裏腹に、なんだこの清清しさ。今ならスキップでもできそうだなとか、そんな妄想をしながら煙を吐き出した。その先には、なんだかやたら賑《にぎ》やかな色の熱帯魚が乱舞する。また東三国に名前を聞くか、なんて決めて、オレはちょっとだけ笑った。

三

「別れたんだ？」

店のテーブルの一席を陣取り、ガネーシャが描かれたマグカップで勝手に淹れたコーヒーを飲んでいたオレの耳元に、ヒノトがそんな囁きを投げかける。思わず口に含んでいたコーヒーを噴いたオレは、唖然《あぜん》として彼女を見返した。母親がインチキ占い師なら、娘は超能力者かなんかか。

「お前なんで……！」

「顔に書いてあるじゃん。スッキリしましたby藍。どうでもいいけど、そこの入荷商品汚さないでよね」

ヒノトが投げて寄こした布巾を受け止めて、オレは自分の口から飛び出していったコーヒーを拭き取る。顔に書いてあるって、そんなにわかりやすい人種だったかオレ？　とか思いつつ、ちょっと鏡を探してみる小心者。

土曜日の昼過ぎ、店に客はない。もともとマニアックな店だ、溢れて困るほどの客は入らない。それとは対照的に、オレは暇になるとここに足を運ぶ癖が付いてしまっていた。今日はまだオレしかいないが、そのうちに山崎たちが集ってくることはわかっている。涼子と別れたその足で、オレはここにやってきていた。ここに来れば誰かいるという思いが、自然と足を向かわせるのだ。所詮寂しがり屋か。

「入荷商品って、これか？」

テーブルの足元に置かれた長方形の茶色い包みを持ち上げてみて、オレはそれが本のようなものだと確認する。まさか月刊輪廻転生じゃねぇだろうな。

「そう。ちょうどいいや、陳列するから開けて」

レジのカウンターの中からヒノトがそんなことを言う。オレはバイトか！　とか思いつつも、興味本位に駆られて包みを開けることにした。

「ていうか、兄貴どこ行ったんだよ？」

そうだ、もともとちゃんとバイトがいるじゃねぇか。オレは茶色い包装紙を破りながら尋ねる。

「ああ、兄なら今オーストラリアにいるけど？」

「……なんで？」

「仕事のついでに買い付け頼んだから。アボリジニのグッズ」

どんだけ儲《もう》かってんだ。それからおまえの兄貴は一体何者で、名前は何が正しいんだよ！　あっさり返ってきた返答に呆気にとられつつ、オレは開けた包みの中身に思わず声をあげた。

「……これ、」

出てきたのは、あのカメラマンの写真集だった。同じ物が三冊。ちょっとマニアックな本屋や雑貨屋に行かないと、もうあまり見かけることはない。発売されたのはだいぶ前だし、話題になったとはいえ、よっぽどのファンじゃないと買う人は少ない。かくいうオレも、手を出さずに過ごしてきた。特集されていたあの雑誌を捨てて以来、避けるようにしていたといっても過言ではない。

「知ってんの？」

煙草を咥えて、ヒノトがカウンターの中から出てくる。オレは表紙に使われている、真っ青な空に空中都市を隠したような、巨大な雲が沸き立つ写真に目をやったまま頷く。

「すげぇ気に入らないカメラマン」

そう言うと、ヒノトは二、三度瞬きして、その意味を尋ねるように首をかしげた。

オレは、蘇ってくるあの当時の記憶を感じながら口にする。

「オレ、昔カメラマン目指しててさ……。初めてこの写真を見たとき、鳥肌が立ったんだ。景色の美しさはもちろん、この一瞬を切り取るために、どれだけの時間を費やしたんだろうって。究極の自然を相手にして、その表情を変える瞬間をただひたすら待ち続けるなんて、オレには到底真似できない。そしてその一瞬を確実に捉える技術も。この写真に、オレは自分がどれだけ浮かれて調子に乗って、甘い考えを抱いていたかを思い知らされたんだ」

突きつけられたのは敗北感だった。

そして悔しさよりも勝っていた、恥ずかしさ。小さな賞を取ったくらいで安易にプロを目指し、どうにかなると思っていた自分がとてつもなく情けなかった。

「……でも、プロと素人でしょ？　比べるのはおかしいし、甘い考えだったとしても、それを踏まえてもう一度覚悟を決めればいいだけじゃん」

相変わらず理路整然とヒノトが言い、オレはちょっと苦笑いして続ける。いつもならその真っ直ぐな意見に反論しがちなのに、なぜだか今日は素直に受け入れた。

「そうなんだけど、オレはビビッたんだ。ほんと、情けないことに」

やってみなきゃわからないのに、結果がでなきゃわからないのに、オレはいつのまにか、自分のプライドが保障された安全な道しか選べなくなっていた。

「プロと素人の力量の差があるのは当然だ。でも、現実を突きつけられたオレは急に怖くなったんだ。力が伸びなかったら？　自分がいいと思っていても、センスがないといわれて酷評されたら？　そう考えたら、前に進めなくなった。何に対してもそうだ。やってみないとわからないのに、可能性が低いと感じたら急に冷めたふりをして、くだらないって見下して……」

だから、写真を遠ざけた。

興味がなくなったふりをして、カメラが壊れたことを幸いに、飽きっぽいという理由で自分を取り繕って。

「だからいつも、その先にある失敗の惨めさばかり気になって、必死で夢中になったりできなかった。この写真を見たときも、本当は悔しかったくせに、悔しいと口にするのが惨めでできなかったんだよ。だから、写真に対する想いなんて最初から抱いてなかったように、カメラマンへの夢なんて一ミリも思い描いていないように、全部をなかったことにした」

目の前を、青い小魚の群れが通り過ぎる。

過剰に自分を守ろうとしたオレは、自分は普通で正しくて、弱くもなんともないと言い聞かせた。そしてそれが露呈することを恐れて、他人に心を開けなくなった。自分だけが辛いとどこかで思い込んで、それぞれに歩んだ人生があることも受け入れず、自分の価値基準にそぐわないものをおかしな奴として切り捨てた。

本当は誰より、そんな狭い世界から救い出して欲しかったくせに。

言葉を区切るようにして話すオレを、ヒノトは丸い目玉で眺めていた。ただ、事実と真実を汲《く》み取りながら、ありのままを受け止めて。

「本当は、このカメラマンに嫉妬して、憧れた」

オレは当時どうしても自分で認められなかった想いを口にする。文句のつけようがないほど美しい写真は、忘れようとすればするほど、なかったことにしようとすればするほど、あの日からずっとオレの脳裏から離れない。

「あんたは本当に変なことを言うね」

ヒノトはちょっとあきれたような、苦笑するような、複雑な表情で新しい煙草に火をつけた。

「なんでこのカメラマンが、空の写真撮ったか知ってる？」

灰で写真集を汚さないように気をつけながら、ページをめくってヒノトが尋ねる。

「いや、知らない」

ヒノトからそんなコアな話が出てくると思わず、オレはちょっと驚きつつ首を振った。写真集に目をやったまま、ヒノトは続ける。

「このカメラマンは、最初空を撮ろうと思って取材に出たわけじゃないんだよ。本当は、出版社から頼まれた仕事のために、アフリカやヨーロッパの数ヶ所をまわるだけだったんだ」

ヒノトはその丸い目玉で眩しそうに写真集を眺める。つかなんでお前そんなこと知ってんの？　実はファンとか？　わざわざ店に写真集置くくらいだしな。

「当時このカメラマンには、父親の再婚で日本人の妹ができたばかりでね、突然できた肌の色が違う兄妹にお互い馴染《なじ》めずにいたんだ。そんなとき、諸事情で妹が取材旅行についてくることになったの。何よりも神への祈りを重要視する国や、太っていることが美しい民族。羊を追って生活する人々や、瓦礫《がれき》の隙間で布を何重にも巻いたボールでサッカーをする子どもとか、とにかくいろんなところを回っていくうちに、最初は接し方に戸惑ってた二人もいつの間にか打ち解けて、最後に行ったアフリカのでっかい空を見上げたときに、カメラマンは気づいたんだって」

オレは言葉の核心が飲み込めずに、ヒノトの言葉を待った。

「夕暮れに染まっても、雨雲に覆われても、虹を宿しても星を映しても、空は空でしかない。そこには国境も人種もない。ただ地球に住む生き物の頭上に空はある」

ヒノトはどこか懐かしい目をして言う。

「いくら表情を変えても空が空であるように、肌の色や、言葉や習慣が違っても人は人。あなたは、あなた」

古めかしい銀の灰皿に灰を落として、ヒノトは続ける。

「今まで自分たちがこだわっていたことがどんなにちっぽけだったかを思い知って、カメラマンは決めたんだよ。それを教えてくれた空に敬意を表すように、あなたの美しい一瞬を私が切り取りますって。そしてそれを見た誰かが、また自分と同じように、自身を取り巻く世界が広いことに気づいてくれますようにって。取材のついでや、プライベートで行った旅行で撮り続けたそれが、たまたま出版社の人間の目に留まって、写真集になったんだよ」

それは言葉や人種を超えて、人という生き物として妹と向き合った瞬間だったのかもしれない。それを教えてくれた空に敬意を表した、そんな想いがあったからこそ、空だって彼に美しい一瞬を見せたのかもしれない。彼が向き合わなければ、見られなかった景色なのかもしれない。

ヒノトは煙草を咥えたまま、オレに目を向ける。

「だから、あんたは変なことばっかり言うって言ったんだよ」

「は？」

オレは思わず問い返す。言葉のつながりがよくわからない。相変わらずこいつの頭の中は理解できねぇなんて思っていたら、ヒノトはいつもの調子でさらりと告げた。

「賞賛されても批判されても、藍は藍じゃん」

どんなに色を変えても、空が空であるように。

「怖がる必要なんか、これっぽっちもないのに」

ヒノトの丸い目玉に、笑みと光が宿る。

オレがこいつを苦手だと思った理由が、今ならはっきりわかる。

どん底を見た後に、そこから立ち直ったヒノトの視界は、とんでもなく広くて高い。それは、空を悠々泳いでいく魚のような目線で。オレが自分のプライドを守るために必死で築いてきた世界なんて、あっさり見下ろされてしまうくらいに。

ひた隠しにしてきた心の真ん中を、丸裸にされそうで怖かったんだ。

オレ思わず、ヒノトの大きな瞳から目をそらした。奥歯を噛み締めて、眉間に力をこめる。そんなにさらっと言うなよ。当たり前みたく言うなよ。ほんとてめぇは嫌な奴だな。

オレがずっと誰かに言って欲しかった言葉を、こんなにも簡単に。

長年苦心して創り上げたちっぽけな世界を、こんなにも簡単に。

与えて、ぶっ壊して。

選ばせる。

未来を。

煙草を咥えたまま、ヒノトは笑っていた。笑ったまま、ティッシュを箱ごと投げてよこす。なんかむかつくし悔しいけど、ヒノトがここにいてくれてよかった。話ができてよかった。

そんなふうに、思えた自分に気づけてよかった。

「ヒノトー、儲かってるー？」

オレがティッシュを何枚もむしりとるように抜き出している間に、店の入り口から

そんな能天気な声とともに山崎が入ってくる。その後ろには遥と東三国の姿もあった。

やっぱり、声なんかかけなくても集まってしまう癖がついているらしい。ていうか、

お前らどんだけ暇なんだ。人のこと言えないけどっ！

「え、どうしたの藍！　泣いてんの⁉」

目ざとく山崎が見つけて、愕然と尋ねた。

「泣いてねぇよ」

「ふられたんだって」

オレの言葉尻にかぶせて、ヒノトが余計な一言を放つ。てめぇっ！

「ええっ！　リョーコちゃんに⁉」

相変わらず山崎のリアクションはでかい。するとその後ろから遥が走ってきて、テ

イッシュをつかんだままのオレの両手を強引に握った。

「いいよ！　泣いていいよ！　……辛かったね。あたし気持ちわかるよ！」

自身も涙ぐんで、遥はオレの前にひざまずくようにしゃがみこんだ。……いや、お

前のあの大失恋とはちょっとまた質が違うんだけど。つーか、別れたことが原因でテ

イッシュつかんでたわけじゃなくってぇ。

「飲みましょう！　ね、今夜はぱーっといきましょう！」

東三国までもが気を遣ってそんなことを言い出し、ヒノトがこっそり笑いをかみ殺していた。

「……あのさぁ」

オレは遥に両手を取られたまま、少しうんざりしながら口を開く。悪いけどそんなに落ち込んでねぇし。つか、別れたことなんかちょっと忘れかけてたし。

「藍！」

三人の勘違いを否定しようとしたオレの言葉をさえぎって、山崎が神妙な顔でオレの顔を覗き込んで告げる。

「辛いときは、お互い様」

そう言う山崎の後光が差しそうな笑顔に、ついに堪えきれなくなったヒノトが噴き出した。

「今日は朝まで飲むぞー!!」

オレの反応などお構いなしに、山崎がそんなことを言い出して、遥と東三国が馬鹿みたいに雄叫びをあげて賛成する。

「決まりだね」

目が合ったヒノトが、面白そうに笑う。

「お前なぁ！」

「いいじゃゃん。なぐさめられてやりなよ」

ヒノトはそう言って、出前のチラシを片手に、店に置いてある時代遅れの黒電話へ歩み寄る。

「ビールは買ってくるでしょ？　焼酎はこの間の残りがあるでしょ？　それからあと何がいる？　寿司？　ピザ？」

山崎たちがあれこれ飲み物や食い物の準備を始め、その辺に放置されていた包装紙の裏側に買ってくるものをマジックで書きなぐる。オレは使い終わったティッシュを丸めてゴミ箱へと放り投げ、椅子に座ったままその光景を眺めていた。こいつら、こういう連携だけは早くなったな。

黒電話の前では、ヒノトがすでにピザ屋へ出前の電話をかけている。サイドメニューをあれこれと注文をして、ふとこちらを振り返った。

「……それから、辛くないマルゲリータ」

目が合って、思わず笑った。割と根に持つタイプか。

そしてそれから始まるどんちゃん騒ぎを思って、オレは火をつけた煙草を咥えたまま天井を仰ぎ、泳いで行った赤い魚を眺めながら、もう一度笑った。

四

次の日、オレはフレックスを存分に利用して昼からの出勤に決め、会社へ向かう途中に個人がやってる老舗のカメラ屋に寄って、ロマンスグレーの渋いおやじに、トイカメラのフィルムの現像と、クローゼットに入れっぱなしだったカメラの修理を依頼した。久しぶりに感じた黒い塊の重みは心地よく、オレはケースの埃《ほこり》を丁寧に払って店に持ち込んだ。

「銀塩か」

オレのカメラを手にとって、おやじはつぶやいた。店の中は年季の入ったカメラがいくつか飾られ、奥には座敷になった作業場が見える。現像から修理までをやってくれるここは、オレがいつか訪れたいとひそかに思っていた憧れの店だ。修理に出すことになったときには、この店だと決めていた。

「買った当時は、それが格好いいと思ってたんですよ」

デジカメではなくフィルム式のカメラを購入した理由は、ただそれだけだ。今思えば、デジカメの方がよっぽど合理的なんだけど。するとおやじは、オレの方をちらりと見やって言った。

「馬鹿野郎、格好《かっこ》いいんだよ」

少年のように、笑って。

カメラを愛しそうに持ってくれる筋張った手は、紛れもない職人の手だ。その姿と言葉に、オレは心底確信する。ああ大丈夫だ。この人なら完璧に直してくれる。オレの目に狂いはねぇ。

「フィルムはすぐに現像できるぞ。四十分くらいだ。どうする？　待っとくか？」

そう言われ、オレは待っている間に飯を食うことに決めて、すぐ引き取りにくると伝えた。

「じゃあ、よろしくおねがいします」

頭を下げて、店を出た。おやじは渋い葉巻を咥えながら、おう、と言って見送ってくれた。

現像した写真を受け取って会社に顔を出すと、今日からアメリカへと旅立った森ノ宮女史から、嫌と言うほど様々な指示が書き込まれた数え切れない付箋がパソコンのディスプレイ一面に貼り付けてあった。嫌がらせだろ、間違いなく！　でもそのひとつひとつの指示は案外的確だったりする。やっぱ制作部でトップやってるだけのことはあるって事か。付箋を一枚ずつ剝がしながら、オレはその中のひとつに意外な指示があるのを見つけて思わず手を止めた。

「京橋《きょうばし》から許可済み……パスタ屋の写真、シェフ写ってるやつで校了……」

京橋は、あのパスタ屋を担当している営業の名前だ。オレはその付箋の文字を、何度も瞬きして見返す。女史からこうして伝言がきているということは、オレが最後に撮ったシェフとパスタの写真を紙面に使う提案が通った、ということだ。

「ああ、それ、先週京ちゃんがお店側にも許可を取ったんですって。パスタ全面よりシェフの人柄みたいなのも出た方がいいからって、賛成してくださったそうよ。なかつんが帰った後だったから、モリリンがメモで残したのね。お店側があの写真を随分気に入ってくれたそうよ。シェフやお店の雰囲気がよく出てるって」

コーヒーを持ってきてくれた今宮が、オレの手の中の付箋を覗き込んでそんなことを言った。

「……そう、か」

オレは付箋に残された女史の字を確かめるようにもう一度眺めてつぶやく。やべぇ、こんなことでちょっと感動してるオレがカッコ悪ぃ。営業や女史からオッケーがでたことはもちろん、店側が気に入ってくれたという今宮の言葉が嬉しかった。

「すごいじゃないなかつん。モリリンから何かアメリカ土産があるかもしれないわよ！」

「……プロテインとかじゃねぇことを願っとくよ……」

オレが期待しないつぶやきとともに再び付箋をひとつずつ剝がしていると、隣で今宮がふと心配そうに言った。

「カリフォルニアって、今ボディビルの大会やってるんでしょ？　出場……とかしてないわよね？」

「やめろ！　あの人のマッチョビキニ姿を想像させせんな!!」

愕然と固まったオレの隣で、キーボードを叩いていた鶴橋が少しだけ笑ったようだった。それを見逃さず、オレはその耳元で囁いてやる。

「鶴橋、今想像した？」

その言葉に、きゃーっと叫んで、両頰を押さえながら今宮が駆け出していった。おおお、お、乙女。つか、自分で言ったくせにお前が照れんな。オレは今宮のごつい背中を見送って、鶴橋の机の上でかわいらしく微笑んでいるリリカのフィギアを手にとった。

「他の女の水着姿を想像するなんて、浮気者！」

リリカを顔面に突きつけて言い放つ。すると、うっと喉を詰まらせるような声を出して、次の瞬間鶴橋が、オレの腕ごとがばりとリリカを抱え込んだ。

「ごめん！　ごめんよリリカ～!!　僕を許して～!!」

「放せ！　オレは、放せ!!」

鶴橋を引き剝がすようにして自分の右腕を取り戻し、オレはリリカに熱い口付けをする鶴橋を見やって、あきれながらちょっと笑った。オレにその愛は理解しがたいが、お前がリリカに向ける愛情はよくわかったよ。鬱陶しいほどにな。

それからオレは、女史の残していった指示通り仕事を進め、休憩中に喫煙所で会った長堀と最近のグラビアアイドルの話をし、それを聞いていたヨリコたちアルバイトと戯れ、いつものごとく灰皿を預かって、一人そこから見える風景を眺めていた。

立ち並ぶ古いビルの汚いコンクリの屋上で、エアコンの室外機が一様に並んで騒音と共に熱風を吐き出している。その傍ではためく洗濯物。吹き抜ける風はまだまだ夏の風だ。湿気を含んで、熱い。オレは会社に来る前に受け取った写真を思い出し、ロッカーから持ち出してきたそれを階段に座り込んで開けた。

フィッシュアイとも呼ばれるあのレンズは、対象物を球面として捉えることで、通常の光学レンズでは投影できない百八十度の画角を持つ。魚眼という名称の由来は、魚の視点で水面上を見上げた時に、水の屈折率の関係で、円形に水上の景色が見えることからきているらしい。

オレは取り出した写真に目をやって、煙草を咥えたまま思わず笑った。あの日、海岸で馬鹿みたいにはしゃいだ時間が丸く切り取られている。ずぶ濡れで笑っている遥。転んでいる東三国。泣き笑いの山崎、姉のような眼差しをするヒノト。海上に伸びる夕陽の光。それらがすべて球状にゆがんで、独特の世界を創っていた。

トイカメラだと侮っていたけど、なんだ、案外きれいに撮れてるじゃねーか。それとも何か？　カメラマンの腕の問題？　とか、ちょっと調子に乗る。だがそこには当然ながら、オレが見ていたマンタの姿は写っていない。あれはもう、オレの記憶の中にしか残っていない景色だ。あの時あの空を泳いでいたマンタたちには、オレたちの姿がこんな風に見えていたのかもしれない。

オレは煙の行方を追って視線を滑らせる。空の青の中を、泳いでいく魚の群れ。なぁ、そこからお前らは、何を思ってオレたちを見下ろしてる？

目の前を通り過ぎる魚に、煙の輪っかを浴びせていたオレは、ジーンズのポケットが震えるのに気づいて携帯をとりだした。知らない間にメールが四件もたまっている。ちょっと慌てながら受信ボックスを開くと、一通目は山崎からだった。

『今日ごはん行かない？』

「……今日もかよ」

今朝方まで散々飲んだはずなのだが、まだ飲み足りないっつーのか。とか言って、本当はわかっている。あいつが、オレを心配していること。

二通目は東三国からだった。そういえばこの前酔っ払いながら、全員とアドレスを交換したことを、オレは不鮮明な記憶の中から引っ張りだした。

『海友社から出てる、魚図鑑～華麗なる海中世界～がお勧めです』

「……なんの宣伝だよ」

オレは煙を吐き出しながら笑った。大方、この間クラゲの名前を聞いたもんだから、こんな情報を寄こしたんだろう。

三通目は遥からだった。

「絵文字読みづらっ……『今度の日曜日、空いてたら合コンしようよ。超かわいい子そろえるから、そっちもイケメンそろえてねー』って、開催決定!?　つーかオレ男側幹事!?」

オレは非常階段の手すりにもたれながら笑った。そうだ、遥には鶴橋の話をしてやろう。遥があのTシャツをレア物とわかってて手に入れたのか、それも知りたいところだ。

最後のメールは、ヒノトからだった。

『生きてるか？』

「生きてるっつーの」

生死確認かよ。オレは煙草を咥えたまま、やっぱり笑った。

オレは携帯をジーンズのポケットにねじ込んで立ち上がり、手すりの上から腕だけを出して煙草を吸った。目の前をナポレオンがゆっくりと横切っていく。

今日も山崎と飯を食おう。どうせ山崎だけじゃすまないだろうけど。そして魚図鑑も試しに買ってみよう。東三国がお勧めだというんだから損はないだろう。合コンはメンバーしだいだ。野田部長を騙して連れて行ったら面白いことに……ならねーか。

そんな想像をして、オレは短くなった煙草を揉み消した。

「そんで今日もまだ、ありがたいことに生きてます」

まだまだ夏の様相を残す空に聞かせるようにつぶやいて、笑った。

今オレの目の前を悠々泳ぎまわるこいつらが、いつか視界を埋め尽くすときがきたら。それが明日なのか、十年後なのか、五十年後なのかは知らねぇが、オレはそれまで抗い続けるだろう。ヒノトが言うように、受け入れることは格好いいかもしれないけど、今のオレにはやっぱりできない。格好悪いとか不様だとか、他人からどんなに往生際が悪いと言われても。

オレにはまだやりたいことがある。

それは人生で初めて、オレが今宣言して追いかけようとしていること。宣言するのはすげぇ怖い。だってもう後には引けなくなる。なかったことにできなくなる。それでもオレには、その覚悟が必要だった。オレはもう一度写真に目をやる。夕暮れの海岸をはしゃぎながら駆けていく姿が丸くゆがんで、やけに広く空が写っていた。

本当はあきらめられなかったくせに。目指してみたかったくせに。何かと理由をつけて突き放しても、結局傍に置いておいた未来。壊れたのに、捨てる気になれなかったカメラ。

賞賛されても批判されても、藍は藍じゃんか。

そう言ってくれる人がいるなら、怖れる意味もないような気がした。

写真を。

写真を撮ろう。

切り取るその一瞬の景色は、その時シャッターを切らずにいられなかったオレの気持ちの、確かな証拠になるだろう。

目の前を通り過ぎていくナポレオンフィッシュと目が合った。なんだよ。文句あるか？　喧嘩腰に眺めてみたものの、半透明でもわかる美しい青緑色に、しばし見とれる。オレはずっと魚たちの生々しい〝生〟が苦手だったけど、今ならその理由もなんとなくわかる。それが、到底太刀打ちできない真剣な〝生〟だったからだ。そこに怖れはなく、ただ生き残って子孫を残していくという生き様の滲んだ美しい姿に、オレは圧倒され、直視できなかった。小さな自分を思い知るような気がして。

青の空に溶けてしまいそうな彩が、ゆっくりと横切っていく。海の中で見たらもっと綺麗なのかもしれねぇな。

そんなことを思って見送った、ゆらり、と揺れたナポレオンの尾びれ。

それが最後だった。

「え？」

つぶやいて、オレは瞬きを繰り返す。

「……ええ!?」

目の前のナポレオンはおろか、さっきまで見えていた視界の魚たちが、きれいに消え失せている。

「なんで⁉」

状況が飲み込めなくて、つい声が大きくなる。辺りを見回しても、そこにもう泳いでいる魚の姿はない。目にする景色中、魚影などひとつも見当たらなかった。

何の前触れもない、あまりに突然な出来事にオレはしばらくその場で呆然と固まった。蒸し暑い風が吹き抜ける。室外機の騒音と、車のクラクション。なんだ？　なんでだ？　本当に消えたのか？　これって本当に喜んでいいのか？　用心深く、オレはもう一度辺りを見回した。スナイパーにでも狙われてるかのように壁に背を預け、バッと壁の向こうを覗いてみたりする。それでも、もうそこに魚の姿はない。

「……なかつん？」

魚に気をとられていたオレが振り返ると、通りかかった今宮が怪訝な顔でこちらを見やっていた。そりゃそうだろう。オレは今も昔も彼（彼女）が知ってるとおりただの一般市民だ。００７にもデューク東郷《とうごう》にも狙われた試しはない。

「あ、いや、大丈夫。なんでもない」

オレは慌てて壁から離れて正気をアピールし、首をかしげながらオフィスへと戻っていく今宮を見送る。

そして不意に、オレの心臓を縮み上がらせる勢いで、ジーンズのポケットで携帯のバイブレーションが着信を知らせた。殺す気か!!

「……も、もしもし？」

見慣れない番号に恐る恐る出てみると、あの渋いカメラ屋の職人からだった。

「直ったぞ」

電話越しにすら渋さが伝わってくる声で、おやじは言う。

「えっ！　もう!?」

仕事速すぎねぇ!?　素直な反応をしたオレに、おやじは少しだけ笑って意外なことを言った。

「俺が直したんじゃねぇよ。もともとあのカメラは壊れてなかったんだ」

「……は？」

意味がわからない。オレは携帯を握り締めたまま馬鹿みたいに問い返す。シャッターが下りなくなったことは、何度も確認したはずだ。

「でも確かにシャッターが……、」

「おりなかったんだろ？　でもこっちで触ったら絶好調に動くんだよ。いろいろ調べてみても、おかしなとこなんてない。愛情の問題かもしれねぇぞ？」

冗談か本気かわからないことを言って、おやじは笑う。

「早く本命の女房を迎えに来てやれよ。今なら浮気も許すってよ」

それだけを知らせて、電話は切れた。

どういうことだ？　オレは呆然と空を眺めたまま立ち尽くす。愛情が足りなかったって、そんなことありえるか？

「……壊れてなかった？」

自問して、オレはこみ上げてくる何かに歯を食いしばる。

「壊れて、なかったんだ……」

つぶやいて、堪えきれずに少しだけ泣いた。

たぶんいろんなことが、嬉しかったんだと思う。

終章

その年の年末、クリスマスを目前に控えて、やたら赤と緑と金色が街中で目に付くようになった頃、権威あるジャパンフォトグランプリが開催され、オレは手元に戻ってきたカメラで撮った何点かを応募した。だがそのすべてが一次選考にも引っかからずに落選。まぁ現実は厳しいって事だ。

「気を落とすな」

チャイを淹れた甘い湯気の立ち上るカップ越しに、ヒノトがそんなおざなりな言葉を投げてきて、オレは憮然と言い返す。

「落としてねぇし」

週末の店に相変わらず客はない。つか、この店どうやって利益得てんだか未だに謎だ。ネット販売でもやってんのか？　店内は原住民フェアと称して、アボリジニからアイヌまで、何に使われていたんだかよくわからない壺《つぼ》やら置物やらが並べられている。本当に買う奴がいるのか、いつかこの目で確かめてぇな。

「人生これから。青春もこれから！　暗い顔しちゃだめよ藍ちゃん！　幸福は、笑顔の下に訪れるのよ、たぶん！」

クリスマス目前にして、遥は怒涛《どとう》のごとく合コンに参加しているようだが、未だ成果は上がっていないようだった。惚《ほ》れっぽい性格はなかなか直らないようで、合コンから帰ってくるたびに何々君がカッコイイだとか、誰々さんは超おもしろくてぇとかを聞かされるこちらとしては、秘技聞き流し適当相槌をマスターしたって責められる筋合いはない。まぁいきなりストーカー行為に走らないだけ、進歩はしてるのかもしれねぇが。懲りてないというか、相変わらず強いな、いろんな意味で。鼻歌交じりに店に飾るクリスマスツリーの飾りつけを手伝っている彼女をうろんな目で眺め、オレはカップのチャイをすすった。元気なのはいいことだけどねー。

「ジャパン《J》フォト《P》グランプリ《G》は一番有名やし、全国から応募が殺到するから狭き門や。まずはローカルな賞から狙ったらどないなん？　そこから実力つけて這い上がった奴はようさんおるし。あと、有名なカメラマンの助手につくっちゅーのもありやね」

　クリスマス用に金のモールを店内に飾りつけながら、兄貴がわかったようなことを言う。つか、この店にクリスマス仕様は合わねぇと思うんだけど、その辺は無視か？　世の中の流れには乗るのか？

「まぁそうなんだけどねー」

　オレは兄貴の言葉に、曖昧に頷いて肩をすくめた。まぁ最初から何もかもうまくいくとは思ってないし。賞を取ったところで、そこからどう転ぶかもわからない。これで飯が食えればなんて、遠い話だし夢のまた夢かもしれないけど、それを追いかけることに今は意味があるような気がしていた。

オレの正面で立ったまま煙草に火をつけて、ヒノトがやけに神妙な顔で口を開く。

「昔の人が言ってたよ。あきらめたら、そこで試合終了だって」

「……昔の人っつーか、伝説のバスケット漫画の、」

「あたしは藍の写真好きだよ」

「見たことないくせにそういうことを言うな！」

ごまかすようにわざとらしく微笑むヒノトに、オレはテーブルを叩いて抗議する。

無責任な慰め方をすんな！　つーか慰めるな！　別に大して落ち込んでないのにそんな気分になる！

「何言ってんの、藍の写真なら見たことあるよ」

ヒノトはそう言って、いつ？　と首をかしげるオレの反応に、カウンターの中から何枚かの写真を持って戻ってくる。ヒノトにくっつくようにしてそれを覗き込んだ遥が、懐かしそうに声をあげた。

「これ、あたしも好きー！」

その反応に、ヒノトが目を細めて笑う。遥の言葉は良くも悪くもいつでも素直で、そこに嘘がないことを知っているから。

それは、あのトイカメラで撮ったビーチでの写真だった。現象したその日、皆に見せようと思って店に持ってきて、そのままになってたやつだ。一瞬何が出てきたのかと中腰になって確認したオレは、そのまま椅子に腰を落ち着けた。つか、こんなスナップ写真は作品のうちに入んねぇし。甘ったるいチャイを、ずるずるとすする。実はちょっと照れもあるけど。こんな風に笑って、オレの撮った写真を好きだと言ってくれる人がいるのは、ありがたい。

「懐かしいね！　あの頃は、こんな風にクリスマスが迎えられるなんて思ってもなかったよね」

写真の一枚を手にとって、遥がどこかうっとりとした目で言った。今となっては、いい思い出というやつか。

「ていうか焼き増ししてって頼んだのにー！　藍ちゃんはすぐ忘れるんだからー」

遥に責められて、オレは思わず視線を泳がせた。そろそろちゃんとしてやらないとヤバイな。なんだか焼き増しして配るのが照れくさくて、のらりくらりとかわし続けてきたのだが。

「あんなにあっさり魚が消えるなんて、誰も思ってなかったからね」

煙草を咥えたまま、ヒノトも懐かしそうに言った。オレの魚が消えたあの日、未だに自分でも半信半疑で、それでもここに来て戸惑いつつ報告したオレに、ヒノトは大げさなリアクションもせず、ただ微笑んでよかったねと言ってくれた。その瞬間、オレは魚が消えたことを急に実感していた。なぜだかわからないけど、何かが終わって始まった、そんな気がしていた。

オレたちにはまだ、なぜある時を境にいきなり魚が見えなくなったのか本当のところの理由はわからない。科学的な証明なんてしようがないし、その現象に理由をつけるのは難しい。ただ、東三国の推測した、魚は自身への警告だというのが今のところ一番有力だ。

初めて魚咲草の煙草を吸ってしまったあの頃、オレたちはそれぞれ、止まったままの時間の中で歩きだせずにいた。過去や恋愛や、考え方や生き方。そんなものに縛られて身動きがとれなかった。そんなあの頃から、オレたちの中で何かが変わったことだけは確かだ。決別した過去。少しずつ選び始めた未来。オレたちの視界いっぱいにその存在をアピールしながら、前を向け歩き出せと、魚は言っていたのかもしれない。

オレはテーブルに置かれた写真に目を留める。触れると見ている景色を共有するというオレだけに起きた現象は、まさしく山崎が言った通りだろう。拒絶しながらも察して欲しいという、天邪鬼なオレの想いそのものだ。写真の中には、はしゃいで走っていくあの頃のオレたちが丸くゆがんで笑っている。

それぞれが何かを抱えて、抜け出せずに足掻いていたあの夏。

「ちょちょ、オレそれ見てないわ。見して見して！」

ヒノトと遥の間に割り込んで、兄貴が野次馬っぽく寄ってくる。そういやオレ、こいつの本名未だに知らないんだけど。

「おおー、綺麗な夕焼けやなぁ。あれ？　これ、なんか……」

ヒノトから写真を受け取って、何かぶつぶつ言っている彼から店内の時計に視線を滑らせ、オレはふと、まだやって来ないアンラッキー大王を思い出した。土日も水族館で幸せそうに働いている東三国は置いといて、山崎からは今から家を出ると連絡があって、もう一時間が経過していた。

「嫌な予感がするな……」

あいつのアンラッキーはとどまることを知らない。魚が消えた今も、出先で急に雨が降ったり雪が降ったり雹《ひょう》が降ったり、店が臨時休業だったり移転してたり、そもそも地図が間違ってたりなんてのは日常茶飯事だ。何かに巻き込まれている可能性も充分にある。そんな予感にとらわれていた時、高架下を駆け抜けてくる足音が聞こえて、オレは顔を上げた。

「見て見て!!　すっげえよ！　福引で当たったの初めて!!」

スピードを緩めることなく店内に突入し、テーブルに激突しながら止まった山崎は、興奮気味にそう言って、手にしていたチケットをオレの目の前に突き出した。焦点おかしくなるわ！

「何!?　何が当たったの？」

ツリーの飾りを持ったまま、遥が駆け寄ってくる。

「ヒガシの水族館のペア入場券二枚！　これは絶対行けって事だよね!?」

つか、ヒガシの水族館なら、直接本人に手配してもらってもなんとかなったんじゃないか？　と思ったけど、口には出さないでおく。とりあえず喜んでんだから水は差すまい。うむ、オトナ。オレは遥と一緒になって飛び跳ねて喜んでいる山崎を眺め、ふと気づいた。

「ていうかお前、片足だけ濡れてんじゃん。どうしたの？」

右足のジーンズの裾が、濡れて変色していた。なんとなく思い当たりはしたけれど、一応聞いておく。礼儀。

「ああ、なんか側溝の蓋が開いてたのに気づかないではまっちゃって。でもそこにはまってなかったら、新しい靴下買いに商店街に寄らなかったし、そしたら福引も引けてないし！」

何事だそのスーパーポジティブシンキング。ケロリと答えた山崎は、すごぉい！　とか言う遥と手を取り合って、再び喜びの舞を踊っている。アンラッキーに翻弄されてることは変わりないが、そこからあいつなりの幸せを見つけ始めたってことだろう。

オレはカップに入っていた残りのチャイを飲み干した。

「じゃあ行くー？」

空になったカップを置いて、オレは立ち上がる。どうせこの後何か用事があるわけでもない。この流れに乗ってみても悪くないだろう。

「どこに？」

ぽかんとしながら山崎が尋ねて、オレは彼が持っている右手のチケットを指差す。

こういうのは勢いも大事だ。

「今から⁉」

「行かないんならいいけど」

「嘘嘘！　絶対行く‼」

「あたしもー！」

山崎と遥がものすごい勢いで挙手をして、その遠足は瞬時に決定した。いや、社会科見学か？　もともと空に魚が見えてた奴らが、水族館にわざわざ魚を見に行くのもおかしな話だけど。

「ヒノトは？」

そう言って振り返ると、煙草を咥えていたヒノトがちょっと驚いたように目を見張って、すぐに兄貴を見やった。

「アレク、あたしも行って来ていい？」

あ、そうか。店長だったな、一応。つか、妹が呼ぶからには、このアレクっていうのが本名なんだろうな。アレクか。アレク？　これってなんか長い名前の略語だっけか？

「お、あ、ああ、楽しんできいや」

なんだか真剣に写真を眺めていた兄貴は、一瞬驚いたように頷いて、店番を引き受けた。そして、オレに目を向ける。

「藍ぽん、」

「誰がぽんだ」

「写真、続けや？　藍ぽんは、人を撮った方がええわ」

やけに真剣な目で言われて、オレは戸惑いながら頷く。なんでまた急に、ただの怪しい雑貨屋のバイトにこんなことを言われるんだ。そして、オレが唯一取った賞の講評や、山崎や長堀が言うことと、同じことを言われたのに少し驚いた。

「……なんか、同じ様なことを何人かにも言われたよ」

オレは兄貴の向こうに見える、カウンターの中に飾られた二羽の鳥と空の写真に目をやった。どこかで見たことがあると思ったそれは、あの写真集の最後のページにあったものだった。どういう経緯でここにあるのかはわからないが、〝兄妹〟と題されたそれをヒノトが飾っているのは、なんとなくわかる気がした。

「いつかなんてわかんねぇけど、今は夢中で追いかけるだけだ」

そうしたらいつか、たどり着けるだろうか。一度はあきらめた、あの未来に。

兄貴は、白い歯を見せるビッグスマイルで見送ってくれた。

「ヒガシいるかなぁ？」

「会えるといいねぇ！」

そんな会話をしながらスキップをする遥と山崎の後ろを追いかけて高架下を抜けると、眩しいくらいの冬晴れの空が広がっていた。

「ヒノト、お前の兄貴ってさ、名前なんていうの？」

新しい煙草を取り出したヒノトにそんなことを尋ねると、ヒノトは怪訝な顔をして何度か瞬きをした。

「アレキサンドラ、だけど？」

「長ぇな。それを略してアレクか。アレキじゃなくてアレクなんだな」

「え、ていうかあんた、気づいてないの？」

彼女につられるようにして煙草を咥えたオレに、ヒノトは神妙に尋ねてくる。火をつけて、最初の煙を吐き出してから、オレは何が？　と尋ねた。

「……ま、いいか。その方がおもしろいし」

オレが差し出したライターを受け取り、ヒノトはそうつぶやいて空を仰ぐ。

「だから何が!?」

「あっ！　マグロ!!」

オレの問いなど無視してヒノトが空を指差し、オレは思わずつられて見上げた。

「うそだよー」

火の付いてない煙草を指に挟んで、ヒノトが笑う。

「……てめぇなぁ、」

「でも、今ほんとに魚が見えたとしたら、たぶんあたし、その先の死を回避するあらゆる手段を探すと思う」

もう一度空を仰いでそんなことを言うヒノトを、オレはちょっと驚いて見やった。なんだよ、お前のモットー〝受け入れましょう〟じゃねぇのかよ。オレの無言のテレパシーを受け取ったかのごとく、ヒノトは煙草に火をつけながらちょっと笑って言う。

「別にあたし、最初から素直に運命受け入れるのがいいって言ってるわけじゃないよ。めちゃくちゃ頑張って、それでもだめなら腹くくりなって言ってるだけで」

オレにライターを返して、ヒノトは続ける。

「その考えは今でも変わらないけど、運命を受け入れられなかったあんたの気持ち、今なら少しわかる気がするよ。未練ていうとネガティブだけど、あんたがやらなきゃいけないことが残ってたんだね」

「……なんだよいきなり」

一体どんな心境の変化だ。オレは返ってきたライターを、ダウンジャケットのポケットにしまう。お前とはずっと平行線だと思ってたけど。

「あんなに大量の薬を飲んだのに、神様はあたしを死なせなかった。それってたぶん、あたしにまだやるべきことや知るべきことがたくさん残ってるからなんだよ。それが何なのかずっと考えてた。世界を見に行くことじゃなくて、商売で成功することでもなくて、たぶんもっと身近なこと」

空を仰いでおりてきた、大きな瞳と目が合う。え、お前そんな顔だっけ？　オレは少しだけ戸惑って視線を泳がせた。相変わらず化粧気のない顔が、以前よりもずっと柔らかい表情をする。

「あんたたちといると、この先面白いことがいろいろありそうだね」

そう言って、ヒノトは笑った。そしてそのまま、随分先を歩く山崎と遥の後を追って駆け出していく。オレは吸い込んだままの息を吐き出すことを忘れて、彼女の小さな背中を見送った。

それはハッと胸を突かれるくらいの、鮮やかな笑顔で。

なんだヒノト、お前そんなふうに笑えるんだな。

「藍ー！」

「早く早くー！」

山崎と遥が叫んでいる。オレはちょっと面倒くさそうな素振りをして走り出す。子どもじゃねぇんだから往来で叫ぶなよ。そんなことを思いつつ、ちょっと笑っている自分を自覚しながら。

見上げた空は澄んで、いつか見た海の色と見まごう青だ。

だがもうそこに、魚の姿が見えることはない。

了

あとがき

何を隠そう、私は数学が大の苦手でした。

小学生の頃に躓《つまず》いた鶴亀算では、そもそも鶴と亀なんていう、お年寄りなら合掌もののめでたすぎるコンビを見て、のん気に足の数など数えている場合ではないと思っていました。その後も食塩水の濃度など舐《な》めてみればいいと思っていたし、グラフが作れなくても買い物はできる、生きていくのにxもyも関係ないと、むやみに前向きな毎日を送っていました。

高校ではもちろん文系クラスで、模試の数学の時間は、悟りを開けるんじゃないかと思うほどの瞑想《めいそう》ぶりでした。空欄の残る解答用紙に、空海《くうかい》の教えを見出そうとしていたのかもしれません。そして人文学部を選んだ大学では、数学から完全に切り離された人生の春を謳歌《おうか》しました。Σ《シグマ》はメールで多用する顔文字の一部に成り下がり、ルート2といえば、友人の車に乗って走る青春街道国道2号線に過ぎなくなっていたのです。

そんな私が、何をどう転んだか簿記を学ぶはめになってしまったことがあります。

　当時働いていた会社の関係で必要だったのですが、神様は悪戯《いたずら》どころではなく、大博打を打ったようでした。簿記が「帳簿記入」の略語であることすら知らなかった私に、半クラと聞いて半分クラクションを鳴らしてしまう自動車教習生と同じようなレベルの私に、神様はなんという無謀な賭けをしてくれたんでしょうか。数字を見るだけで、花沢さんを見かけたカツオのような反応を示す私が、それを仕分けして帳面を合わす作業など、何度三途《さんず》の川の向こうの祖父母に手を振ればいいのか。一体賭けの相手は閻魔《えんま》大王《だいおう》か大天使か、いずれにしろ暇を持て余した神々の遊びに違いありません。しかし非力な人間である私はその遊びに付き合うしか術がなく、問題集なども買ってみましたが、読んでも読んでも意味がわかりませんでした。書いてあるのは日本語のはずなのに一向に頭に入ってこず、こんなにわからないとは、もしかすると自分は外国人なんじゃないかと出生の疑いにすらつながりました。

　それでも私は、一日のうちにちゃんと勉強する時間を作って初級の問題を何度も解き、逃げ道を断つかのように検定の申し込みをして料金も支払いました。わからなかった問題を、夢に見るほど考えていたこともあります。しかしそんな努力とは裏腹に理解度はまったく上がらず、もういっそ賢いパソコンになりたいと若干混乱気味に途方に暮れていたある日、ついに私の中で何かが破裂しました。

こんなんできへんかったって、生きていったるわゴルァ!!!

それは魂の叫びか人格崩壊か。思えば私は、得意なものを自由に伸ばしていく方が性にあっているのです。簿記がとても便利で必要なものだということはよくわかるのですが、そのせいで自分を外国人かもしれないと疑い、パソコンに生まれたらよかったなどと思うより、持ち合わせた才能や特技を発揮するような生き方をした方が、人生はきっと楽しいはず。そう思った私は、迷うことなく日本語のわかる人間の自分を取り戻すことにしました。

改めまして、浅葉《あさば》なつです。長い前置きをお許しください。

簿記を相手に真剣に生き方を考えた当時、私は結局検定を欠席し二千円の検定料を無駄にしました。ですが後悔はしていません。二千円で自由が買えたと思えば安いものです。その後私は転職し、今は簿記のぼの字も出ない職場で働き、あきらめることなく磨き続けた特技が認められ、どうにか作家のスタートラインに立たせて頂くことができました。神様の打った大博打は、なんか違う遊びやってくれよと思うほど迷惑な話でしたが、確かに私の人生を変えるきっかけになりました。唯一の気がかりは、賭けに負けたであろう神様からの天罰です。腹いせとも言います。精進しますから、どうか隕石《いんせき》投下とかはやめてください。

最後に、こんな私の作品に賞を与えてくださった、下読みの方々含む審査員の皆様、出版まで導いてくださった担当様、編集部の皆様には心より御礼申し上げます。そして数々のネタを提供してくれたアンラッキーズ、ダイビングで知り合ったすべての人々と海、家族親類縁者ご先祖様にも格別の感謝を捧《ささ》げます。

そして、何よりもこの本を手にとってくださったあなたに、心からのありがとうを。

またどこかで、お目にかかれることを祈っています。

二〇一〇年十二月吉日　ルミナリエの映える空の下で　浅葉なつ

浅葉なつ著作リスト

空をサカナが泳ぐ頃（メディアワークス文庫）

メディアワークス文庫

空《そら》をサカナが泳《およ》ぐ頃《ころ》

浅葉《あさば》なつ

2011年2月25日　初版発行
2024年10月25日　6版発行

発行者　山下直久
発行　株式会社**KADOKAWA**
〒102 - 8177　東京都千代田区富士見2 - 13 - 3
0570-002-301（ナビダイヤル）
装丁者　渡辺宏一（有限会社ニイナナニイゴオ）
印刷　株式会社KADOKAWA
製本　株式会社KADOKAWA

●お問い合わせ
https://www.kadokawa.co.jp/（「お問い合わせ」へお進みください）
※内容によっては、お答えできない場合があります。
※サポートは日本国内のみとさせていただきます。
※Japanese text only

※定価はカバーに表示してあります。

Printed in Japan
ISBN978-4-04-870283-6 C0193

メディアワークス文庫　https://mwbunko.com/

本書に対するご意見、ご感想をお寄せください。

あて先
〒102-8177　東京都千代田区富士見2-13-3
メディアワークス文庫編集部
「浅葉なつ先生」係